CETTE NUIT
LA FALAISE SAUTERA

lemasque.com

J. NUMÈDE

CETTE NUIT LA FALAISE SAUTERA

NOTE DE L'AUTEUR

Malgré l'apparente actualité de ce récit il importe de préciser que tout n'est que fiction et que personnages, événements, circonstances, sont entièrement imaginaires. Tout rapprochement avec des faits ou des situations semblables serait sans fondement. Ce roman n'est qu'une œuvre d'imagination et doit être jugé comme tel.

ISBN : 978-2-7024-5112-0

Derrière le pseudonyme de J. Numède se cache en réalité Georges Demun. Né en 1911 et décédé en 1997, il est l'auteur de plusieurs romans d'espionnage publiés aux éditions du Masque et aux éditions Jacquier. *Cette nuit la falaise sautera*, paru en 1960, est son dernier roman, et a reçu le prix du roman d'aventures 2022.

1

Ce matin-là, Ralph était de très mauvaise humeur. Pourquoi ? Il aurait préféré le savoir. Tout critiquer par principe, tout contrer par plaisir n'était pas dans ses habitudes. Et il en était là. Dans la peau d'un grincheux il se sentait mal à l'aise et son besoin de grogner s'en trouvait accru d'autant.

Le timbre de la porte d'entrée s'en mêla. Un client : il tombait bien !

Carlotta s'apprêtait déjà à quitter le bureau. Sur le seuil elle s'arrêta pour écouter son mari qui, tout naturellement, continuait à ronchonner.

— Il faudra changer cette sonnerie.

Distraite, elle modula un « Pourquoi ? » lointain et de pure forme.

— Tu le sais très bien ! lui cria-t-il irrité. Elle m'écorche les oreilles... Elle sonne faux !

— Bon... Bon... fit-elle d'autant plus conciliante qu'elle avait à peine entendu la réponse.

— Je n'y suis pour personne... Pour personne ! insista-t-il en martelant les larges bras de son fauteuil.

Avouez qu'il y a des gens qui manquent de tact ou de chance. Choisir ce jour-là pour obtenir une entrevue sans l'avoir sollicitée !

Ralph ne tarda pas à froncer les sourcils. Non seulement le visiteur pénétrait dans le vestibule, mais Carlotta paraissait l'accompagner sans résistance. C'était une véritable trahison.

Il rectifia sa position un peu trop négligée et fixa la porte d'entrée d'un air féroce. L'intrus saurait ainsi à quoi s'en tenir sans un long préambule.

Mais le visiteur n'était autre que l'inspecteur Ramuz. Dès l'abord, son visage renfrogné et sa taille de géant engendraient chez tous ceux qui l'approchaient des complexes d'infériorité. Dans le style ours mal léché, il était de loin le chef le plus réussi que la préfecture de police de Marseille ait abrité dans ses murs depuis de nombreuses années. Pour Ralph, c'était déjà une vieille connaissance. Et même une sympathie réciproque, bien qu'inavouée, était née entre le policier et le détective à l'occasion de nombreuses affaires qui les avaient presque toujours dressés l'un contre l'autre.

— Soyez le bienvenu, inspecteur, ironisa Ralph. Je cherchais quelqu'un sur qui je puisse émousser ma mauvaise humeur. J'ai une femme qui est aujourd'hui d'un calme que je qualifierais volontiers de… méprisant.

— À la bonne heure, grogna Ramuz en essayant en vain d'adoucir sa voix de basse. D'habitude, les rôles sont renversés et pour une fois vous tombez bien… Je suis d'un calme – certes pas méprisant comme celui de cette chère Carlotta – mais d'un calme olympien.

— C'est bien plus inquiétant ! L'objet de votre visite inattendue vous ennuie-t-il à ce point ? Avez-vous à m'entretenir d'un problème particulièrement épineux ? Je vous écoute.

— Non ! Ne vous tourmentez pas.

— Je ne puis croire à une visite de courtoisie de votre part. Vous ne m'y avez pas habitué. Alors videz votre sac et parlons-en. Que désirez-vous me dire ou que voulez-vous savoir ?

— Rien de précis... Je passais... Mes services tournent au ralenti ces jours-ci... Je sais que de votre côté vous n'êtes pas sur une grosse affaire... alors j'ai pensé que, pour une fois, nous pourrions avoir une conversation amicale. C'est si rare !

De toute évidence, Ramuz biaisait et débitait des banalités d'une voix grave et monocorde tout en essayant d'équilibrer sa lourde carcasse dans un fauteuil de cuir que la plupart des clients trouvaient en général trop vaste.

Il était préférable de le laisser venir. Ralph lui abandonna entièrement la direction de la conversation, pour lui permettre d'accrocher incidemment et avec le plus de naturel possible le sujet qui l'avait conduit dans son cabinet.

Après avoir passé en revue les nouvelles locales sans intérêt, la toute dernière crise ministérielle, la tension internationale et la détente économique, autant de sujets passionnants et toujours d'actualité qui alimentent à peu de frais d'imagination toute conversation entre gens bien informés, Ramuz bourra sa pipe, jeta l'allumette dans le cendrier du bureau et saisit un journal qui traînait à côté. Puis, avec indifférence, comme tout bon Français moyen qui achète un quotidien pour en lire les titres et pouvoir au bon moment placer des remarques pleines d'intérêt, Ramuz glissa avec un accent désabusé :

— Encore une affaire de trafic d'armes.

— Oui, exactement la même qu'il y a six mois.

— J'ai de bonnes raisons de croire, cette fois, que le service de contre-espionnage va s'en occuper plus sérieusement.

Il replia le journal, sur lequel il avait fait semblant de rechercher l'article, tira sur sa pipe qui toujours à propos avait tendance à s'éteindre.

Après une pause – son interlocuteur étant demeuré muet – il relança la conversation.

— Lorsque, en janvier, des mitrailleuses allemandes ont été récupérées en Algérie, la D.S.T. crut à une fuite dans les usines de Hambourg, malgré les énergiques dénégations du gouvernement de Bonn.

« Et après ! » avait envie de répondre Ralph, qui se moquait d'une façon systématique des réactions simulées des gouvernements intéressés. Il décida de mettre un point final à ce sujet qui non seulement ne présentait aucun intérêt mais avait de plus le don de lui taper sur les nerfs. Sa conclusion précise et irréfutable devait clore le débat.

— Raisonnement naïf ou hypocrite... Je vous laisse le choix ! Souvenez-vous : la production des M.G. 34 est arrêtée depuis 1942. Le calibre des M.G. 42 a été ramené de 7 mm 92 à 7 mm 65, suivant la norme choisie par l'O.T.A.N. ; ces mitrailleuses étant destinées à la Bundweher. Or, ce sont des 7 mm 92 dont se servaient les troupes du F.L.N.

Ramuz se contenta d'approuver d'un balancement lent de la tête qui transforma en spirale une épaisse colonne de fumée.

Pour Ralph, la question était épuisée. Il ne pouvait supposer que Ramuz soit venu pour discuter d'un problème aussi étranger à leurs occupations habituelles. Le coupe-papier qu'il manipulait depuis le début se mit à vibrer sur le bureau comme le pendule d'un sourcier. À sa grande surprise, Ramuz poursuivit avec un flegme imperturbable :

— Je ne sais d'où vous tenez cette documentation, mais elle est exacte. Nous sommes donc obligés d'admettre aujourd'hui l'existence de dépôts clandestins constitués selon toute vraisemblance par des armes abandonnées au cours de la retraite des troupes allemandes en 1945. Ces stocks sont actuellement entre les mains d'un trafiquant qui les écoule.

— Et voilà ! C.Q.F.D. ! Quel dommage que nous ne fassions pas partie du service de contre-espionnage avec des idées aussi géniales.

— Le plus difficile est de mettre la main sur le trafiquant.

— Et sur les armes, autant que possible... ne croyez-vous pas ? Il est vrai que nous les récupérons après usage, ce qui présente néanmoins quelques risques.

Ramuz n'écoutait plus. Sa pensée devait avoir des prolongements secrets qu'il ne tenait pas à livrer. Il se décida enfin à remonter à la surface et avec effort bafouilla une phrase banale, tout au moins en apparence :

— Si jamais vous aviez un tuyau à ce sujet...

Ralph s'attendait à tout sauf à une pareille demande qui, venant de Ramuz, paraissait doublement insolite.

— Un tuyau ! explosa-t-il. Et c'est vous qui me le demandez... Vous croyez au Père Noël ! Notre soleil ne vous vaut rien… Pourquoi ne désirez-vous pas que je passe, par exemple, les menottes à un ours polaire égaré sur la Canebière !

— Soyons sérieux, Ralph. Ce n'est pas aussi ahurissant que vous le supposez, poursuivit Ramuz avec obstination. La route de ce trafic peut très bien passer par Marseille. S'il en est ainsi – et je le crois – il y a sûrement des comparses sur place pour opérer les relais.

— Et vous croyez que ces gens-là sont assez sots pour faire du bruit et se mouiller si peu que ce soit.

— J'admets votre objection. Toutefois, s'ils évitent mes Services, pourquoi se méfieraient-ils de vos activités privées ?

— Pensez donc… Ils ont des spécialistes peu scrupuleux, je vous l'accorde, mais aussi bien renseignés que vous, et, sans me flatter, ils doivent tout de même me connaître.

Ramuz s'entêtait.

— Je ne dis pas non. Cependant, à l'occasion d'une enquête, vous pouvez être amené à découvrir incidemment une piste, à glaner un renseignement.

— Allons, inspecteur, ne faites donc pas le naïf. Vous êtes convaincu autant que moi qu'il ne me sera jamais possible d'entrer dans ce milieu et que si je m'y introduisais fortuitement j'en serais éliminé avant d'avoir eu le temps de réaliser.

— Enfin, si ce miracle se produisait, pensez à moi !

En mordillant nerveusement sa pipe, il lâcha l'aveu que Ralph attendait :

— J'ai un petit rapport à rédiger là-dessus.

Cette fois, la conversation devint sérieuse. L'étonnement de Ralph était sincère.

— Rien ne pouvait me laisser supposer que vous travaillez en liaison avec la D.S.T.

— Travailler avec eux, je m'en garderais bien ! réagit Ramuz avec énergie. Il s'agit là d'un concours spécial et de caractère... exceptionnel. Mes affaires de droit commun me suffisent largement.

Malgré cette dénégation, Ralph prit nettement position. Le ton catégorique de sa réponse lui donnait un caractère définitif.

— Pour ma part, je suis libre de choisir ma clientèle et je n'ouvrirai... jamais un dossier sur une affaire d'espionnage même si je n'avais aucune enquête en vue. Ce qui est d'ailleurs le cas.

Ramuz sourit, de cet air bon enfant qu'il prenait souvent lorsqu'il venait de découvrir une faille dans les affirmations d'un suspect ou d'un témoin.

— Tiens, c'est curieux, je m'étais laissé dire que vous aviez reçu hier un client important qui tenait à vous confier une enquête.

La mesure était comble et Ralph ne put s'empêcher de manifester son mécontentement.

— Que vous soyez au courant est assez surprenant, inspecteur ! J'ai le droit d'assurer à mes clients un maximum de discrétion et de donner à leurs visites un caractère confidentiel total. Votre déclaration m'inquiète... je ne tolérerai pas d'être surveillé !

— Mais vous ne l'êtes pas !

— Alors, comment avez-vous pu savoir ?

— Peu importe ! Ne soyez pas susceptible. C'est le fait d'une coïncidence banale, d'un concours fortuit d'événements qui nous sont étrangers à tous deux.

— Et vous connaissez, bien sûr, le nom de ce client éventuel ?

— Évidemment. Il s'agit d'un certain Yvan Staronsky.

Ramuz prononça avec un effort affecté ce nom à consonance étrangère.

— Merci. Moi, je l'avais déjà oublié... Peut-être connaissez-vous aussi son adresse ?

— Pour vous être agréable, je puis l'obtenir.

— Alors, ce type-là vous intéresse ?...

— Personnellement, non. Pour l'instant, en dehors de son nom, je ne sais rien de lui... Je n'ai eu connaissance de sa visite que grâce, j'insiste là-dessus, à un concours de circonstances assez spéciales.

— Et que, bien entendu, vous ne pouvez me révéler.

— Je le regrette et vous pouvez le croire.

— Enfin est-il suspect et pourquoi ?

— Je l'ignore.

— D'ailleurs, je m'en moque, car je n'ai nulle envie de donner suite à sa demande. Il en est averti et n'insistera pas. Ses ennuis personnels et familiaux ne me regardent pas. Il a déposé une requête auprès de la police, c'est bien suffisant.

— Pas dans mes services, en tout cas, j'en aurais eu connaissance.

— Il n'était ici que de passage. Il a dû, je suppose, s'adresser à la préfecture de police de Paris, où il est domicilié.

— Et il n'y a pas de détectives privés à Paris ? Pourquoi est-il venu si loin ? Votre renommée aurait-elle franchi les murs de la capitale ?

— Il a tout bêtement une résidence sur la Côte et puis… tel était son bon plaisir.

Ralph avait haussé le ton.

— Ne vous fâchez pas. Nous parlons entre amis.

— Justement et c'est cela qui n'est pas normal. Vous n'êtes venu que pour chercher des renseignements sur Yvan Starensky. Eh bien ! voilà tout ce que j'en sais et vous serez déçu, je vous préviens. Il est brun, des moustaches à la Brassens, un mètre soixante-quinze environ, un peu lourd, possède un accent cosmopolite. C'est le type parfait, non de l'homme d'affaires, mais d'un genre plus évolué, de celui qui vit des affaires des autres. À la tête d'un réseau d'entreprises diverses dont il ne contrôle que les bénéfices, son rôle consiste essentiellement à se déplacer d'un point du globe à l'autre pour donner sa signature et affirmer son existence. Il est facile d'imaginer que le reste du temps doit être consacré aux plaisirs coûteux et sans joie qui s'imposent à cette catégorie d'individus : courses, casinos, défilés de mannequins ou de vedettes, etc., etc. Cela vous suffit-il ?

Ramuz ponctua sa réponse d'un rire sonore.

— Votre portrait express, bien qu'un peu flou, est très vivant. Merci de m'avoir fait faire sa connaissance… Quoique – comme je vous le disais tout à l'heure – votre Yvan Starensky m'est personnellement indifférent.

2

Dès que l'inspecteur eut quitté le bureau, Ralph se déchaîna :

— Au diable, si je puis savoir ce que ce vieux renard est venu faire ici ce matin. Il a parlé de tout et de rien. Pourquoi être venu me demander à moi des renseignements sur cet Yvan Starensky, alors qu'il le connaît et paraît au courant de ses moindres déplacements ?

— Coïncidence !… Concours fortuit d'événements ! rappela Carlotta avec humour.

— Je n'ai jamais avalé cette couleuvre ! Yvan Starensky a été bel et bien filé par notre ami, soit pour le surveiller, soit pour le protéger. Pourquoi la police rôde-t-elle autour de lui, je l'ignore.

— Tu aurais pu le découvrir si tu avais daigné t'occuper de son affaire. Il me plaisait, à moi. Il avait une bonne tête… l'homme à la Chrysler.

— C'est vrai, je ne pensais plus à sa voiture et au chauffeur de Monsieur. Une Chrysler, c'est tout de même un peu trop voyant pour un type susceptible d'être suivi.

— À moins que Ramuz fasse fausse route, ce ne serait pas la première fois.

— Veux-tu brancher le magnétophone et repasser notre entretien. J'espère que tu n'as pas encore gommé la bande.

— Non, mais il était temps. Tu l'as congédié d'une façon tellement catégorique.

Le témoin s'alluma et Carlotta lança les plateaux.

— Je n'ai pas branché tout au début : l'essentiel est cependant enregistré.

Elle régla la tonalité et fit la moue.

Il lui était impossible d'écouter la voix de son mari au magnétophone et bien qu'elle manœuvrât tous les boutons, ses intonations demeuraient crispantes pour ses oreilles.

— Tu ne pourras jamais faire de cinéma avec une voix pareille. Tu entends ?

— Plus tard nous en reparlerons, veux-tu. Pour l'instant, j'ai autre chose à faire.

Et la bande docile répéta la conversation que la veille il avait eue avec Yvan Starensky.

« — Ma fille a disparu depuis un mois.

« — Alertez donc la police.

« — C'est fait.

« — Tout est donc pour le mieux et je ne vois pas ce que je pourrais bien faire de plus.

« — Tout !... Vous allez me comprendre... Le commissaire de police auquel je me suis adressé m'a répondu textuellement : « Tous les ans, cent trente mille femmes ou jeunes filles disparaissent sans qu'il nous soit possible de les retrouver. Si vous y tenez, nous ouvrirons un dossier sous la rubrique Recherches dans l'intérêt des familles. Cependant, je ne puis vous donner grand espoir. Sans résultat, le dossier finira par être classé comme les autres. » Et voilà ! Ça, c'est la police officielle... Une bande de fonctionnaires poussiéreux !... C'est tout... Vous comprendrez, j'espère, que dans ces conditions il ne me restait plus qu'à m'adresser à vous.

« — Malheureusement, c'est encore une erreur. Je suis dans la pénible obligation de vous faire la même réponse. Tout en vous confirmant l'exactitude de ces statistiques, je suis bien forcé d'avouer que la police est tout de même mieux outillée que moi pour ce genre de travail.

« — Alors, que dois-je faire ?

« — Votre fille est certainement majeure ?

« — Depuis huit jours.

« — Elle est donc libre de mener sa vie comme bon lui semble et elle n'est pas tenue de vous informer de ses déplacements si tel est son bon plaisir. Les disparitions volontaires sont les plus fréquentes. Aucune loi ne les interdit. Votre fille a voulu affirmer son indépendance dès sa majorité. C'est une attitude assez courante.

« — Non, vous ne la connaissez pas. Elle a toujours été libre. Elle n'avait aucune raison d'agir ainsi, surtout au moment où j'ai besoin de sa signature pour régler certaines affaires qui étaient restées en suspens en raison de sa minorité.

« — Y tient-elle autant que vous ?

« — Certainement.

« — Admettons-le. Reconnaissez tout de même que ce n'est pas essentiellement sa disparition qui vous inquiète, mais le moment qui en est mal choisi à votre gré. Auriez-vous désiré cette enquête en toute autre circonstance ?

« — J'aurais hésité plus longtemps, c'est bien possible. Je m'y serais tout de même décidé.

« — Vous avez donc une raison de supposer que sa disparition est indépendante de sa volonté ?

« — Que vous importe !

« — C'est pour moi essentiel. Je suis spécialisé dans les enquêtes criminelles, non dans les filatures et je crains que vous ne vous soyez trompé de porte.

« — J'ai l'intuition...

« — Ne me parlez surtout pas d'intuition !... J'ai une répugnance professionnelle pour cette manière de déraisonner dont l'usage est trop répandu parmi nos contemporains. L'intuition remplace trop souvent la logique et le bon sens... C'est un ersatz miraculeux à tous usages qui permet d'affirmer avec d'autant plus de force que les jugements qui en découlent sont invérifiables. Laissez l'intuition aux femmes. Entre leurs mains c'est charmant, si elles n'en abusent pas. Donnez-moi une raison quelconque, citez-moi un fait banal, si minime soit-il, si vous tenez à ce que je puisse croire à votre histoire. Si vous n'avez que votre intuition à m'offrir, mieux vaut choisir tout de suite une voyante ou un fakir.

« — Cette affaire est sérieuse et ne mérite pas votre ironie. Si je m'adresse à vous, c'est justement parce que je ne possède pas le moindre indice qui se puisse vérifier. Ma fille dirige depuis trois ans un institut de beauté... oui, un magnifique jouet qu'elle a voulu et dont elle ne se lasse pas. Elle est partie pour une absence maximum d'une dizaine de jours et depuis un mois elle n'a pas donné signe de vie. Sa secrétaire s'est inquiétée et m'a téléphoné hier soir. Je prends l'avion à Marignane dans une heure pour mettre au point certaines questions importantes auxquelles je n'entends rien.

« — Vous étiez au courant de son absence ?

« — Non. Cela n'aurait eu rien d'anormal pour une courte absence. Sinon elle m'indiquait toujours son adresse ou son numéro de téléphone pour que je puisse la joindre en cas de besoin.

« — Et vous n'avez rien reçu ?

« — Rien n'est pas le mot… Trois jours après son départ, elle m'a adressé une carte postale sans texte et sans signature. Je n'ai identifié l'écriture de l'adresse qu'hier soir. Sur le moment, je n'ai pu soupçonner qu'elle en était l'expéditrice et je n'avais attaché aucune importance à cet envoi anonyme et incomplet.

« — D'où venait cette carte ?

« — Elle était postée, par une triste coïncidence, d'un petit village de l'Ardèche, Vallon-Pont-d'Arc.

« — Qu'entendez-vous par une triste coïncidence ?

« — Ma femme est morte, il y aura bientôt trois ans, dans un stupide accident. Elle s'est noyée en faisant du canoë sur l'Ardèche. Son corps a été retrouvé non loin de Pont-Saint-Esprit, quelques jours plus tard. Mais ceci nous égare, l'heure avance et je ne puis différer mon départ. Alors, votre dernier mot ?

« — Je regrette de ne pouvoir vous aider. Votre fille a fait une fugue. Mon rôle n'est pas de l'en empêcher. Elle vous reviendra.

« — C'est beaucoup plus grave !

« — Vous n'avez pas su me convaincre.

« — Soit. Je vous téléphonerai d'ici deux ou trois jours. Peut-être aurez-vous changé d'opinion.

« — J'en doute !... À moins que de votre côté vous puissiez m'apporter des éléments nouveaux. »

Carlotta bondit sur le magnétophone et arrêta la bande. Suivait un enregistrement de Charles Aznavour, *Si je n'avais plus, plus qu'une heure à vivre,* qui en aucune façon ne pouvait servir de conclusion.

— Alors, maître, qu'en pensez-vous ?

— Entre un Ramuz mystérieux et un client qui ne sait rien, ce serait folie que d'émettre une opinion.

— Un point paraît certain : sa fille a disparu.

— À vingt ans, je doute qu'elle soit perdue pour tout le monde. C'est fou ce qu'il peut y avoir d'âmes charitables en pareil cas.

— Donc, il ne reste plus que cette vague histoire de trafic d'armes.

— Et encore... Seul Ramuz paraît faire une liaison entre les deux... Et si cela était, raison de plus pour que je reste en dehors.

— Bien sûr, tu n'as rien d'un agent spécial.

— Quand comprendras-tu que c'est leur boulot, mais pas le mien... pas le mien !

Il lança un grand coup de poing sur son bureau qui parut déclencher la sonnerie du téléphone.

La dispute qui allait éclater demeura au point mort. Dans le fond, tous deux étaient heureux de cette trêve providentielle. Ralph prit le récepteur et lança un « Allô ! » agressif qui marquait la fin de l'orage. Le célèbre tandem était reconstitué.

— Qui est à l'appareil ? demanda Ralph.

— Le chauffeur d'Yvan Starensky, répondit une voix inconnue. Mon patron désire vous voir sans faute ce soir chez lui.

— Inutile d'insister. Rappelez-lui que mon refus d'hier est définitif.

— Un fait nouveau pourrait vous faire envisager le problème sous un autre angle.

— Que s'est-il donc passé ?

— Vous le saurez... si vous acceptez son invitation.

— Je croyais votre patron à Paris ?

— Au dernier moment... il n'est pas parti. Il vous attend à son domaine des Orangers, au kilomètre 14, sur la Nationale 559, entre Marseille et Cassis. Soyez là vers dix heures, pas avant. La nuit, votre visite passera plus inaperçue... N'oubliez pas : les Orangers, kilomètre 14, Nationale 559, entre Marseille et Cassis.

Un déclic : terminé !

Ralph et Carlotta ne raccrochèrent pas tout de suite. Ce n'est que lorsque leurs regards se croisèrent qu'ils se rendirent compte réciproquement du ridicule de leur attitude. D'un geste rapide, ils posèrent les écouteurs avec une précipitation et un ensemble comique.

— Curieuse affaire ! avança Carlotta sans se compromettre.

— Oui... mais j'en aurai le cœur net.

Ralph se leva. Il avait besoin de mouvement. Il lui fallait toujours mettre ses gestes au rythme de ses pensées, qui devaient être houleuses.

— Alors, tu iras ?

— Et comment ! Ton homme à la Chrysler commence à me casser les pieds et je compte le lui dire une bonne fois pour toutes.

3

Ralph roulait doucement. Il était en avance et l'horizon rougeoyant incendiait encore les arbres desséchés par un été exceptionnel.

Au virage des Roches-Vives, une Versailles noire l'obligea à mordre sur les bas-côtés de la route.

— Assassin ! hurla Ralph.

Son insulte, couverte par le grincement des pneus, n'atteignit pas son but et la voiture lancée à toute allure disparut aussitôt dans le rétroviseur. Feux éteints, elle se confondait déjà dans la courte perspective de la route sombre.

La nuit était maintenant venue et du col de Carpiagne il aperçut la rade de Marseille épinglée à la mer par mille feux scintillants.

Le domaine des Orangers ouvrait sur la route par un immense portail dont les battants grands ouverts bâillaient sous la brise marine.

Ralph s'engagea dans le parc.

L'allée principale contournait d'épais massifs qui masquaient entièrement un vieux mas modernisé à outrance pour assurer le confort de ses propriétaires fantasques et sans goût.

Au rez-de-chaussée, une seule pièce était restée éclairée. Yvan Starensky désirait sans doute que leur entretien demeurât secret et il avait dû éliminer les gêneurs.

Ralph gravit le perron et sonna à l'entrée principale. Le timbre vibra dans le couloir. Le chauffeur, qui paraissait être dans les confidences de son maître, allait sans doute venir lui ouvrir.

Mais la porte resta close. Aucun bruit ne décelait une présence. La maison semblait vide. Seul un carré de lumière s'échappait de la baie et plaquait sur la pelouse son écran blafard.

Dès cet instant, Ralph comprit qu'une nouvelle aventure venait de s'amorcer, qu'il ne pouvait plus la refuser et qu'il devrait coûte que coûte aller jusqu'au bout.

Un coup d'œil sur le parc ne pouvait rien lui révéler. D'abord, était-il seul ? Comment le savoir dans ce maquis d'ombres dont la nuit estompait les détails et repoussait les limites. Et puis quelle importance ! Il n'était même pas armé et le plus inoffensif des vagabonds, dans ce décor idéal pour une embuscade, avait des chances de l'avoir par surprise. Confiant sa sécurité au hasard, il foula sans précaution un massif de fleurs et bondit sur le rebord du balcon.

Rien n'avait bougé derrière lui. Seul un vent léger balayait sur l'allée les silhouettes mouvantes des arbrisseaux.

Une large baie entrouverte l'inonda de lumière. D'instinct, il gagna une encoignure sombre ménagée par un pan de mur et regarda enfin à l'intérieur.

C'était une grande salle de séjour aux couleurs vives où dominaient les rouges et les jaunes. Tout paraissait en ordre, bien qu'elle eût été utilisée depuis peu. Une bouteille de whisky et un verre traînaient encore sur le bar. Une cigarette terminait de se consumer sur les lèvres d'un énorme cendrier. Quelques revues abandonnées sur les sièges n'avaient pas encore été rangées.

Le personnel devait être sorti.

Où donc était passé Yvan Starensky ? Avait-il été retenu ailleurs et était-il simplement en retard ? C'était peu probable. Il devait être un homme toujours exact à ses rendez-vous… par habitude.

Ralph aperçut enfin une main qui dépassait d'un énorme fauteuil et semblait se tendre vers lui.

Tout devenait clair… trop clair à son goût.

Starensky devait l'attendre seul dans cette pièce et quelqu'un en avait profité pour le faire taire avant qu'il eût parlé. Était-il vraiment mort ?

À cette idée, à laquelle il voulait encore se raccrocher, Ralph fonça dans le studio et redressa le corps tassé derrière le fauteuil auquel il avait tenté de s'agripper dans sa chute.

Frappé d'un coup de poignard au cœur par un spécialiste qui avait dû le cravater de dos, il ne s'était probablement pas rendu compte de ce qui lui arrivait. Sans doute n'avait-il pas eu le temps d'apercevoir son agresseur. Ses traits n'étaient crispés ni par la surprise, ni par la peur.

Inutile de chercher des indices : c'était du travail soigné. Ralph crut entendre une sonnerie. Il tendit l'oreille en se redressant sans bruit. La villa était toujours silencieuse. Ce devait être un vélo circulant sur la route.

Fouiller le mort n'aurait servi à rien. Starensky n'était pas homme à porter sur lui des documents importants et d'ailleurs, s'il en avait eu, un autre avant lui s'en serait emparé.

En quelle qualité pouvait-il maintenant intervenir ? Ne lui avait-il pas refusé son concours ? Sa visite tardive devenait inutile. Tout lui conseillait de laisser tomber, après avoir à la rigueur prévenu la police.

Machinalement, il fit le tour de la pièce, tira quelques tiroirs, fouilla quelques meubles et il allait se retirer quand il sentit une présence derrière lui.

Il n'eut pas le temps de se retourner que déjà le salon chancelait lentement autour de lui tandis que les lumières d'abord irisées s'éteignaient complètement.

La villa n'était pas aussi déserte qu'il avait pu le supposer.

Quand il revint à lui, la pièce avait retrouvé son équilibre et le lustre au néon son éclat primitif. Des hommes discutaient sans hostilité. La vie avait repris son halètement normal à la cadence humaine.

Une silhouette encore floue s'approcha du divan où il avait été allongé. À sa voix, il reconnut l'inspecteur Ramuz.

— Comment vous sentez-vous, cher ami ?

Ralph émergeait à peine du trou noir où il avait été plongé. Sa langue lui paraissait lourde et encombrante. Il ne répondit que par un regard peu aimable au sourire amusé de Ramuz.

— Ne vous inquiétez pas, continua celui-ci sur le même ton moqueur, dans un instant vous irez tout à fait bien.

Il interpella un de ses adjoints qui prenait des notes près de la baie grande ouverte.

— Raymond, préparez donc un whisky à notre héros, sinon je sens qu'il sera d'ici peu de fort méchante humeur.

— Merci, articula Ralph en se soulevant péniblement. Mais un conseil, ne vous foutez surtout pas de moi ! Le moment serait particulièrement mal choisi.

— Vous entendez, Raymond, insista Ramuz, je l'avais prévu. Dépêchez-vous ! Je le connais, il va être insupportable.

— Que s'est-il donc passé ? demanda Ralph après avoir bu avidement un grand verre d'alcool.

— Nous attendions justement avec une certaine impatience votre retour parmi nous pour le savoir.

— Pour moi, c'est très simple. Je me croyais seul. J'ai été matraqué sans me rendre compte d'où venait le coup.

— Oui, jusque-là, je m'en doute, acquiesça Ramuz.

Puis il eut tort d'ajouter :

— Enfin, cela est sans importance !

Ralph se dressa d'un bond. Il avait retrouvé son énergie.

— Sans importance ! hurla-t-il. On voit bien qu'il ne s'agit pas de votre… petite personne.

Les cent dix kilos de Ramuz s'animèrent sous l'effet d'un violent éclat de rire qui trouva un écho plus discret chez ses adjoints.

— Excusez-moi. Ce n'est pas ce que j'ai voulu dire. Je regrette très sincèrement pour vous cet incident désagréable. Nous en reparlerons plus tard.

— Pour ma part, ce sera le plus tôt possible. Je ne suis pas près d'oublier le salaud qui n'a même pas eu le courage de m'attaquer de face.

— Croyez que je flétris autant que vous ce geste. Cependant, chacun a ses méthodes, bien sûr… Mais croyez que je les déplore.

Ralph se frotta les yeux, tâta sa nuque endolorie. Il crut rêver. L'attitude de Ramuz était incompréhensible. Il excusait presque l'inconnu dont il avait été la victime… sans parler d'Yvan Starensky.

— L'un de nous deux, inspecteur, a certainement perdu la raison. Je n'arrive pas à me persuader que c'est moi. En continuant de la sorte, vous parviendrez bien à me convaincre.

Ramuz prit Ralph par les épaules. C'était la première fois qu'il se laissait aller à un geste aussi amical. Il tenait de toute évidence à apaiser ce malentendu.

— Mon vieux, bougonna-t-il en confidence, cette affaire m'ennuie terriblement. Le crime est de trop ! Oubliez un instant votre amour-propre et aidez-moi. J'ai besoin de savoir où je mets les pieds. Que s'est-il passé avant votre agression ? Et d'abord pourquoi étiez-vous ici ce soir ?

— C'est presque vous qui m'avez poussé m'occuper des affaires d'Yvan Starensky.

— Pas exactement !… D'ailleurs, vous aviez refusé de façon catégorique.

— Après votre départ, j'ai reçu un coup de téléphone me fixant un rendez-vous. Décidé d'en finir une fois pour toutes, j'ai accepté avec l'intention de mettre un point final à cette affaire. Avec juste raison, elle ne me plaisait pas et surtout sous l'angle où vous l'aviez située. Mon opinion n'a jamais varié : le contre-espionnage ne m'attire pas !

— Et qui vous a adressé ce coup de téléphone ?

— Le chauffeur.

— Ah ! son chauffeur ! s'exclama Ramuz que cette révélation paraissait soulager. Je commence à comprendre.

— Vous avez de la veine, soupira Ralph de plus en plus dérouté. Quoique, à la réflexion, où est-il passé, celui-là ?... Ne serait-ce pas lui qui m'aurait attaqué ?

— C'est très possible, approuva Ramuz avec indifférence. Il a dû s'enfuir et... je crains bien qu'il ne soit jamais retrouvé.

Ramuz, de toute évidence, n'attachait que peu d'importance à sa disparition. Il glissa rapidement sur ce départ suspect et poursuivit sa pensée :

— Donc, sur son appel, vous êtes venu. Qui avez-vous rencontré en arrivant ?

— Personne !

— Vous n'avez vu personne, je l'admets... à l'exception toutefois d'Yvan Starensky.

— Pas même, puisqu'il était déjà mort.

Ramuz s'immobilisa et laissa tomber d'un ton sans réplique :

— Impossible !

— Comment impossible, releva Ralph que le ton de l'inspecteur avait désagréablement surpris. J'ai autant que vous l'habitude de fréquenter des cadavres. Yvan Starensky était bien mort... pas depuis longtemps, je vous l'accorde... mais mort tout de même.

Le visage durci, les traits crispés, Ramuz, métamorphosé en lourde statue de pierre, luttait contre une affirmation qu'il ne pouvait admettre. Il lui fallait de tout son poids faire éclater cette fausse réalité. Avec modération, pour ne pas heurter son interlocuteur, il essaya encore une fois d'imposer son idée.

— Voyons, Ralph... vous avez vu Starensky vivant... Il vous a parlé.

— Vous êtes complètement fou, ce soir !

Sans broncher, les yeux brillants du désir de comprendre, Ramuz poursuivit en pesant ses mots :

— Alors, vous avez vu quelqu'un d'autre... qui s'est adressé à vous... de sa part.

De plus en plus ahuri par cette insistance insensée, Ralph serra ses mâchoires et martela ses mots en détachant chaque syllabe :

— Je n'ai vu personne ! Personne, entendez-vous !

Ramuz balança ses bras d'un geste las, gagna l'autre bout de la pièce en affirmant à nouveau avec force, comme s'il prenait la pièce à témoin :

— Et cependant... c'est impossible !

— Enfin, expliquez-vous ! Dites-moi donc pourquoi c'est impossible ?

Ramuz se retourna et répondit simplement :

— Fouillez-vous et vous comprendrez ! Je m'excuse de l'avoir fait pendant que vous étiez évanoui... Je tenais à gagner du temps.

Son sursaut de colère et l'hostilité de son regard ne laissaient aucun doute sur les sentiments du détective, qui désapprouvait ce geste sans excuse à ses yeux. Ralph enfonça brutalement les deux mains en même temps dans les poches de son veston et, tout surpris, en retira une épaisse enveloppe. Il l'ouvrit d'un coup sec et la regarda avec stupéfaction. Elle était bourrée de liasses de billets qu'il n'osait retirer comme s'il se fût agi d'un maléfice.

— Il y a aussi une lettre, précisa Ramuz.

Cette fois, Ralph ouvrit largement le pli, en retira un papier bleuté gravé au nom d'Yvan Starensky. De plus en plus intrigué, il lut à haute voix :

Monsieur,

Je vous ai demandé de venir me voir et je crains d'être obligé de partir avant votre arrivée. Dans le cas où je ne serais plus là, une personne de confiance vous remettra ce pli où j'ai consigné tous les renseignements susceptibles de vous intéresser pour commencer rapidement votre enquête. Des faits nouveaux viennent de se produire. Je vous en entretiendrai sous peu si je ne vous vois pas ce soir. Ils vous inciteront, j'en suis persuadé, à accepter de m'aider. Je joins la somme de…

Ralph feuilleta machinalement plusieurs feuilles dactylographiées agrafées à la lettre, pinça les liasses de billets épinglées avec soin et aperçut Ramuz qui l'épiait en souriant.

— Ralph, je sens que je deviens vieux ! Où avais-je la tête. C'était trop simple !… Naturellement, vous avez trouvé la villa déserte, ou du moins vous avez pu la croire déserte. La « personne de confiance » dont Yvan Starensky fait mention dans sa lettre vous a tout simplement assommé à seule fin de pouvoir glisser ce pli dans votre poche sans avoir à se faire connaître. Voilà un serviteur zélé… et discret !

Ralph, inquiet, regarda Ramuz qui n'avait pas du tout l'air de plaisanter.

— Et cette explication vous paraît tout à fait naturelle et sensée.

— Bien sûr, tout s'explique.

— C'est une histoire de fou ! conclut Ralph.

Pour Ramuz, il n'y avait plus de mystère : la question était liquidée. Il changea de sujet avec son aisance habituelle.

— Autre chose... Souvenez-vous... La route devait être peu fréquentée, vers dix heures. N'auriez-vous pas rencontré par hasard une voiture qui eût dû attirer votre attention ?

— Et comment, enchaîna aussitôt Ralph. Une Versailles, tous feux éteints, a failli m'expédier dans le décor au virage des Roches-Vives.

— Bravo ! exulta Ramuz. Vous êtes précieux... Raymond, notez ce détail important... pour la presse : « Une Versailles, tous feux éteints, a été aperçue vers dix heures fonçant à toute vitesse vers Marseille. Les assassins ont eu plus d'une heure pour s'enfuir. Ce précieux témoignage permettra peut-être à la police de retrouver les mystérieux auteurs de ce crime. » Et voilà !... J'étais très ennuyé de n'avoir rien à jeter en pâture aux journalistes.

Ramuz se frotta les mains. Il paraissait très satisfait de lui. Il donna aussitôt des ordres.

— Georges attendra le fourgon, qui ne saurait tarder. Pour vous, Raymond, c'est terminé pour ce soir. Quant à moi, je vais me coucher. Laissez deux agents en faction sans consignes spéciales. Il sera bien assez tôt demain pour reprendre cette affaire.

Il crut bon d'ajouter, devant l'air médusé du détective qui n'y comprenait plus rien :

— Il se fait tard et vous avez vous aussi besoin de dormir. D'ailleurs, si vous êtes trop courageux, je vous laisse vos documents à étudier. Je vous demanderai de m'en faire remettre une copie en venant me voir demain matin. J'aimerais que nous puissions parler en tête à tête dans mon bureau avant de vous laisser foncer dans la nature… Je vous dois quelques explications.

Jamais Ralph n'avait vu mener une enquête de la sorte, et surtout par Ramuz dont il avait toujours apprécié les méthodes rapides, parfois brutales mais toujours efficaces.

4

Vers minuit, Ralph quitta les Orangers. Il doubla très vite la voiture de Ramuz et sur la route déserte descendit à vive allure vers Marseille.

Cette affaire, que par instinct il voulait refuser, s'était imposée à lui. Cette contrainte l'agaçait et il essayait de se donner des raisons pour justifier à ses yeux la décision d'aller jusqu'au bout.

Le meurtre d'Yvan Starensky donnait à son enquête une physionomie nouvelle. Il ne s'agissait plus d'une banale fugue de jeune fille à la conquête de ses illusions.

Les sous-entendus de Ramuz, sa position anormale en face d'un meurtre dont il paraissait vouloir se désintéresser, laissaient le champ libre aux plus baroques hypothèses.

Demain, seul à seul avec lui, il saurait bien à quoi s'en tenir.

Pour l'instant, il lui fallait prendre connaissance du dossier qui lui avait été mystérieusement remis et en étudier les moindres détails. Il ne pouvait plus compter sur d'autres précisions. Dans le silence de son cabinet, les documents qu'il emportait lui révéleraient-ils le véritable aspect du problème ?

Il appuya encore un peu sur l'accélérateur et, au hasard des nombreux virages, réveilla du grincement de ses pneus la nature endormie dans une sereine indifférence.

Comme il lui arrivait souvent en pareil cas, Carlotta attendait son retour. Elle se méprit sur son air soucieux et s'écria avec son exubérance habituelle :

— Tu as accepté ! Tu es formidable... Je n'en attendais pas moins de toi.

Sans mot dire, Ralph se laissa tomber sur son fauteuil et jeta l'enveloppe sur le bureau. Quelques liasses de billets s'en échappèrent.

— Eh bien ! Il est généreux ton client, à ce qu'il paraît, s'étonna Carlotta en ouvrant de grands yeux.

Elle devait déjà mentalement convertir ces sympathiques bouts de papier en robes, souliers et accessoires divers.

— Et ce n'est qu'un acompte, je suppose ?

— Non, ce sera tout et c'est déjà trop.

— Pourquoi ?

— Parce qu'il est mort !

Devant un bol de café dont Carlotta avait seule le secret pour les nuits de veille, Ralph reprit par le détail le récit de son rendez-vous avec son ex-client.

Que déduire des événements de la nuit ? Rien encore. Le plus simple était de les enregistrer sans essayer de les relier entre eux. Les cartes étaient astucieusement brouillées et Ramuz s'en mêlait, lui aussi, ce qui était un comble.

— Veux-tu mon avis ? avança Carlotta après un long silence. Il faut scinder l'affaire en deux :

la fugue de la fille et l'assassinat de son père. Peut-être n'y a-t-il aucune liaison entre les deux. Ton rôle est de retrouver la fille, un point c'est tout.

— Oui, murmura Ralph sans conviction. D'ailleurs, il est possible qu'elle se manifeste d'elle-même si elle est partie de son plein gré.

— Comment s'appelle cette créature ?

— Nous allons le savoir.

Ralph détacha les documents et commença leur lecture. Chaque feuillet terminé et soigneusement annoté, il le tendait à Carlotta qui en faisait de même. Sans un mot, ce pénible travail de fonctionnaire se poursuivit dans le calme d'une nuit lourde et chaude à peine troublée par des papillons affolés qui tournoyaient autour des lampes et brisaient aux murs leurs ailes brûlées.

Il n'était question dans ces notes que d'Yvette Starensky... car elle s'appelait Yvette... comme sa mère. Ses goûts, ses habitudes, son caractère étaient décrits avec soin. Toutes ses relations étaient soigneusement précisées. Ses aventures connues figuraient également avec un luxe de détails inutiles. Des appréciations à première vue impartiales accompagnaient les fiches de chacun de ses amoureux. Il ne manquait plus qu'un répertoire.

Yvan Starensky, d'après ce rapport, apparaissait comme un curieux homme et plus encore comme un curieux père. C'était avant tout un homme d'ordre et tout classer et étiqueter devait être sa manie. Même les sentiments et l'amour ne devaient être valables que sur fiches.

Ralph rejeta enfin la dernière pièce du dossier qui n'était autre que la fameuse carte postale, dernier message d'Yvette Starensky à son père.

Le cachet postal apposé à la hâte indiquait la date du 3 ou du 8 juin. Depuis plus d'un mois elle n'avait donc plus donné de ses nouvelles.

Le célèbre Pont-d'Arc, cette merveille naturelle qui enjambe l'Ardèche, étalait sur cette aride documentation son audacieuse arche rocheuse.

Sa courbe légère et provocante retenait le regard de Ralph, qui en repoussa très vite l'image obsédante en balayant pêle-mêle les feuilles encore éparses devant lui.

Carlotta poursuivait sa lecture avec peine. Elle hocha la tête de fatigue, parcourut rapidement les derniers documents et s'avoua vaincue.

— Moi, je suis noyée!... C'est un Bottin, ton client! Tu dois être satisfait. Toi qui aimes les détails minutieux et les points sur les i.

— Ne sois pas stupide. Comment veux-tu découvrir l'essentiel dans tout ce fatras? Il faudrait des mois pour tout vérifier. Quant à trouver une piste dans ce labyrinthe, mieux vaut y renoncer tout de suite.

— Pour une fois, je suis de ton avis. Cependant, nous pouvons dès à présent nous faire une idée précise du caractère d'Yvette, jeune fille indépendante et assez fantasque.

Et Carlotta se laissa emporter par sa passion de disséquer âmes et caractères. La psychologie sentimentale à l'échelle des magazines féminins était son vice. Mieux valait la laisser aller que d'essayer de la dissuader. Pour éviter d'être tenté de la contrer, Ralph se mit à réfléchir de son côté tandis qu'elle inventait le personnage moral d'Yvette.

— C'est un être passionné de liberté et d'une originalité un peu outrancière. Il ne faudrait cependant pas croire qu'elle vit toujours dans les nuages. Elle est capable de vouloir et de réaliser les projets qui lui tiennent à cœur. Si l'objet de son activité lui plaît, elle peut faire preuve non seulement d'un effort soutenu mais d'une ténacité rare chez une femme. Franche et loyale, féroce envers ses ennemis, elle peut paraître désaxée ou cinglée sans pour cela être antipathique. C'est en somme un phénomène peu sociable mais attachant pour ses rares amis.

Ralph commençait à s'agiter sur son fauteuil. Cette manie de Carlotta lui était insupportable.

— C'est tout ? questionna-t-il avec un sourire crispé.

— J'ai fini, consentit Carlotta. Pour toi, c'est déjà trop, je le sais ! Alors, je t'écoute… Qu'as-tu retenu d'autre de cette passionnante lecture ?

— L'adresse de l'institut de beauté et le nom de son dernier amoureux, Guy de Montrose. Ça me suffit. Demain, je partirai dès que possible pour Paris.

— Seul !

Devant le cri de détresse de Carlotta, il ne put qu'ajouter :

— Tu viens, bien sûr ! Paris, un institut de beauté, le rêve de ta vie !

— Alors, tâche de perdre la mauvaise habitude de dire « je » quand il s'agit de « nous ». Cela crée une confusion... souvent blessante pour moi.

— Je crois comprendre que tu as besoin de détente, dit Ralph en se levant. Ne crois-tu pas qu'un peu de sommeil nous serait nécessaire ?

— Moi, tu sais, je suis bien maintenant... mais les hommes ont toujours besoin de dormir, c'est un fait. Et je sais aussi que dès que tu seras couché tu t'endormiras... surtout si je te parle.

— Quoi de plus naturel !

Il s'étira, comme s'il goûtait déjà les bienfaits de ce repos réparateur.

— Oui, pour vous, un lit c'est tout juste bon pour dormir.

— Pour les femmes c'est différent ?

— Tu n'y comprendras jamais rien ! Pour nous, un lit c'est un paradis merveilleux, un domaine sans limite où nous regrettons justement d'avoir à dormir. Dans notre lit, nous lisons des romans qui nous paraissent plus beaux, nous rêvons de longues heures, nous savourons notre petit déjeuner, nous regardons le jour se lever et nous écoutons la nuit le monde vivre et se débattre. Le lit, pour une femme, c'est...

Le choc brutal d'un objet lourd qui heurta le plancher et rebondit dans la pièce les fit sursauter. Surpris dans leur rêverie un peu ensommeillée, ils se retournèrent inquiets devant ce brusque rappel à la réalité.

Une grosse boule de papier journal avait été projetée de la rue jusqu'au premier étage par la fenêtre ouverte.

Ralph se précipita vers le balcon, ne vit personne dans la rue déserte et revint précipitamment dans le bureau. Malgré l'appréhension muette de Carlotta, il souleva le paquet et l'ouvrit.

Un vieux journal froissé et plombé avec un gros caillou servait d'emballage. Il en retira une photo et un court message griffonné sur une serviette en papier :

Cette photo manquait à votre dossier : c'est celle d'Yvette Starensky. Toutes mes excuses et avec un peu de chance, à bientôt.

Une personne de confiance.

En même temps que son mari Carlotta avait lu le texte et demanda perplexe :

— Que signifie cette farce ?

— Que la « personne de confiance » ne manque pas de culot… Je l'aurais cru loin d'ici ! Il a tort de jouer avec le feu et de se croire trop malin.

— Qui sait ! Pour l'instant, remercions-le de nous avoir offert la photo d'Yvette Starensky qui peut nous être utile.

— Si nous la retrouvons !

Carlotta regardait le cliché avec l'intérêt qu'elle apportait toujours aux autres femmes.

Aucune critique n'ayant été formulée a priori, Ralph put en déduire que le sujet ne devait pas être trop mal. Elle lui tendit enfin la photo en soupirant comme à regret de n'avoir rien trouvé à redire.

— Si tu la découvres… tu ne seras pas déçu. Je crains qu'elle soit à ton goût !

Ralph se garda bien de répondre. Toute opinion eût alimenté une discussion sans fin.

Puis ce fut le coup de griffe final :

— Elle fait un peu sauterelle, à mon avis… un jeune éphèbe aussi… enfin, pour… un homme et… à notre époque, elle est peut-être bien.

5

De très bonne heure le lendemain matin Ralph avait déjà bouclé sa mallette. Il laissa Carlotta aux prises avec la sienne, jugée trop petite pour contenir ce qu'il est convenu d'appeler pour une femme le « strict nécessaire ». Que serait-ce si elles n'avaient pas la sagesse de savoir se limiter à ce minimum indispensable ?

À grands pas, il gagna la préfecture de Police.

Dans les couloirs encore déserts à cette heure matinale, il aperçut un des adjoints de Ramuz qui faisait les cent pas. Nerveux, il arpentait le couloir en zigzaguant et traînait derrière lui un panache de fumée qui s'échappait d'une cigarette à demi consumée.

Il parut heureux d'apercevoir le détective et vint vers lui la main tendue.

— Le patron vous attend… il ne s'est pas couché de la nuit.

— Du nouveau ?

— Sais pas !

Fatigue ou découragement, le ton désabusé du jeune inspecteur surprit le détective. Après avoir rallumé sa cigarette, il lança vers le plafond enfumé une série de cercles bleuâtres et se perdit dans leur contemplation.

— Allons, insista Ralph, qu'est-ce qui ne va pas ? Vous pouvez bien me le dire, je finirai toujours par le savoir.

— Je vous dis que je n'en sais rien ! Le patron vient de me retirer le dossier sans explication... Je ne comprends plus... Vous avez vu ce qu'il a donné à la presse ?

— Non, je n'ai pas encore lu les journaux.

— Alors, tenez ! Je suis sûr que ça va vous faire plaisir... autant qu'à moi, d'ailleurs.

Il lui tendit une coupure de journal déchirée sans précaution, probablement dans un mouvement de mauvaise humeur.

Ralph parcourut en grimaçant l'entrefilet qui avait été rejeté dans un bas de colonne où peu de gens iraient le dénicher.

Un homme d'affaires parisien, Yvan S., qui avait loué pour se reposer le domaine des Orangers, sur la route de Cassis, s'est suicidé cette nuit d'un coup de poignard en plein cœur. On ignore encore les motifs de cette tragique décision. Il paraîtrait qu'il souffrait depuis quelque temps d'une maladie incurable.

Ralph rendit la coupure de journal à l'adjoint en affirmant :

— Ce texte n'est pas de Ramuz. C'est impossible.

— De qui voulez-vous donc qu'il soit ! Hier soir dès notre retour il a reçu un coup de téléphone. J'attendais qu'il eût fini pour lui dire au revoir. Il est sorti en coup de vent, m'a demandé d'assurer la permanence tandis qu'il irait se reposer une heure ou deux. Le tout sans explication. Avant de me quitter, il m'a précisé de ne rien dire à la presse, qu'il préférait le faire lui-même après avoir réfléchi. Et ce matin il me colle une autre affaire dans les mains. Si vous y comprenez quelque chose, vous aurez de la chance.

— Que s'est-il donc passé ?

— Je l'ignore, mais de toute façon je sais qu'il n'était pas chez lui cette nuit... J'ai été obligé de lui téléphoner et sa femme m'a affirmé qu'elle ne l'avait pas vu. Tout ceci entre nous, bien entendu... Vous le connaissez, il n'hésiterait pas à me vider, d'autant que sa femme ne paraissait pas d'excellente humeur.

— Je m'en doute !

— Ceci mis à part, je ne le trouve pas très régulier.

— C'est bien la première fois qu'il agit ainsi.

— Il doit avoir ses raisons, soupira l'adjoint sans conviction.

— Tel que je crois le connaître, c'est plus que certain, et il doit être furieux d'être obligé d'agir ainsi. De toute façon, je souhaite qu'il parvienne à me convaincre car jusqu'à présent je soutiens pour ma part qu'Yvan Starensky a bel et bien été assassiné. Je suis payé pour le savoir !

— Bonne chance !

Ramuz connaissait le caractère entier et combatif du détective. Il décida de prendre les devants et entama la discussion sans laisser à Ralph le temps de s'asseoir sur la chaise qu'il lui avait offerte.

— Vous êtes en colère, je m'en doute. Vous me jugez sévèrement, je vous comprends. Allez-y, engueulez-moi tout à loisir et je pourrai m'expliquer ensuite.

Il s'attendait à une explosion et le silence de Ralph l'exaspéra.

— Ah ! surtout ne finassons pas !... Vous avez certainement lu les journaux locaux et Dieu sait de quels qualificatifs injurieux vous avez dû accompagner mon nom... Répétez-les devant moi, jetez-les-moi à la face... vous vous sentirez soulagé.

— Pourquoi tenez-vous donc à vous faire injurier ? demanda Ralph avec calme. Ma parole, c'est du vice !

Le flegme du détective ne faisait qu'accroître l'état de surexcitation de Ramuz dont l'énorme carcasse frémissait sous l'effet d'une colère intérieure qu'il ne pouvait déverser sur personne, car pour une fois c'était lui qu'il aurait voulu pouvoir accabler. Il eût souhaité qu'un autre s'en chargeât pour pouvoir au moins détendre ses nerfs en ripostant. Ralph lui refusait ce service : c'était presque à ses yeux une trahison. Il attaqua donc.

— Alors, vous préférez attendre et me faire perdre mon temps ?

La bagarre paraissait inévitable. Ralph ne pouvait en retirer aucun avantage. Ramuz, blessé dans ses principes, diminué par une position contraire à sa règle de conduite, se défendrait avec une farouche énergie et tenterait par un raidissement inébranlable de redorer sa renommée de chef souvent féroce, mais toujours loyal et intègre.

— Inspecteur, commença Ralph, avec une lenteur mesurée, il est bien évident que vos agissements sont pour le moins surprenants. Depuis de nombreuses années j'ai tout de même appris à vous connaître. Sans toujours vous approuver, je vous ai jusqu'à présent toujours compris.

Aujourd'hui, vous devenez une énigme. Alors, loin de vous injurier, je vous demande tout simplement une explication que je puisse accepter, même si elle ne cadre pas tout à fait avec mon point de vue sur cette affaire. N'est-ce pas naturel ?

Ramuz ferma à demi les yeux. Il rentrait en lui-même pour cacher ses sentiments. Il n'avait que trop manifesté le trouble qui l'ébranlait.

— Asseyez-vous ! dit-il enfin, bien décidé à terminer au plus vite ce pénible entretien.

Il prit place derrière la barrière de son bureau, bourra lentement sa pipe, rangea quelques dossiers pour gagner du temps. Ces gestes familiers lui redonnaient confiance et lui permettaient de réfléchir encore quelques instants sur un sujet qu'il avait dû tourner et retourner dans sa tête une grande partie de la nuit. Du regard il interrogea son interlocuteur, comme pour mesurer les limites de son amitié et surtout celles de sa patience. Puis il se jeta à l'eau.

— Ralph, lorsqu'hier matin je suis venu vous trouver, je vous ai dit qu'Yvan Starensky ne m'intéressait pas. C'était exact et ma pensée allait encore plus loin. J'aurais désiré qu'il fût à tous les diables ! La fatalité en a décidé autrement. Non seulement il a été abattu, mais par comble de malchance presque sous vos yeux. J'avais pour mission d'éveiller votre intérêt sur cet homme pour avoir par la bande des renseignements sur certaines de ses activités, mais une fois mort... vous auriez dû l'ignorer et surtout ignorer qu'il avait été assassiné. Cette affaire, dont j'ai été dessaisi cette nuit dès mon retour, est pour ma part définitivement classée... Elle dépasse ma compétence et est du ressort exclusif de la D.S.T., responsable du communiqué à la presse. Je vous devais cette mise au point.

— J'avoue qu'elle m'était nécessaire. Donc, pour vous, Starensky s'est suicidé.

— Pour vous aussi, et je vous conseille d'y croire. C'est pénible à avaler : je me suis incliné.

— Je tâcherai de vous imiter, mais je ne réponds de rien. Si je comprends bien, Yvan Starensky était un espion ou un trafiquant.

— Ne me faites surtout pas dire ce que j'ignore.

— Enfin, qui l'a tué ?

— Personnellement, je ne le saurai jamais... Pour le Service, il est utile qu'il se soit suicidé et que je passe aux yeux de ses exécuteurs pour un imbécile. C'est donc effectivement... un suicide. Mort, il n'a plus d'intérêt pour eux et sa disparition doit être la plus discrète possible. Enterrer les cadavres sans bruit et sans témoin est une règle absolue dans le contre-espionnage. J'ai dû abdiquer cette nuit et croyez qu'il m'en a coûté. J'ai juré – bien qu'un peu tard – de ne plus remettre le doigt dans cet engrenage, même pour rendre service à un ami... ce qui était le cas et ma seule excuse envers vous. Je ne puis vous demander d'en faire autant, mais mon devoir était de vous mettre sur vos gardes. Le moindre faux pas et d'un côté vous risquez votre peau, de l'autre votre licence pour vous être mêlé d'affaires qui ne vous regardent pas. À votre place, j'oublierais la mort un peu trop brutale de votre client. Voilà, je vous ai tout dit et je n'en sais pas plus long. Que décidez-vous ?

— Je ne puis abandonner ! Je profiterai de vos conseils dans la mesure où ce sera possible sans nuire à mon enquête dont le seul but est de retrouver Yvette Starensky.

— Vous aimez le risque.

— J'ai reçu une invitation sous forme de défi et je tiens à relever le gant. Tenez, voici ce qui a été projeté hier soir de la rue dans mon bureau.

Ralph tendit à l'inspecteur le bout de papier qui enveloppait la photo d'Yvette Starensky.

— « Une personne de confiance ! » murmura Ramuz. Phénomène ! Dommage qu'il ait choisi le contre-espionnage… C'est un type épatant… Je sais, il n'est pas opposé à ce que vous poursuiviez votre enquête… sur la fugue d'Yvette Starensky uniquement. Remarquez que pour lui tout se tient. Mais c'est à vos risques et périls. Votre route croisera peut-être la sienne, mais je doute qu'il accepte de se démasquer devant vous.

— Je le connais ?

— Sûrement de réputation, comme nous tous. Rares sont ceux qui le connaissent de vue.

— Alors, peut-être pourriez-vous me dire son nom ?

— Je n'en ai pas le droit. Mais si vous rencontrez un jour un Basque têtu et querelleur du nom de Cabetchio, souvenez-vous qu'il est mon ami.

Ramuz se leva et lui serra la main.

— Maintenant, au revoir. Je compte sur vous pour me raconter la suite de cette aventure puisque, cette fois, j'ai reçu l'ordre d'abandonner.

6

Saint-Germain-des-Prés faisait relâche à l'ombre de sa tour carrée.

La chaleur accablante d'une journée d'été avait mis en fuite ses pensionnaires aveuglés par la cruauté d'un soleil trop éclatant. Leurs rituelles lunettes fumées ne sont mettables, comme chacun sait, que de nuit ou par de grisâtres jours de pluie.

Le Flore somnolant distribuait des glaçons à seaux pour lutter contre l'anéantissement de ses rares clients, qui, naturellement effondrés pour une fois, prenaient leurs pailles pour des pipelines intarissables.

Carlotta était déçue.

À peine quelques pointes intraduisibles, susurrées à l'envers des parasols, jalonnèrent son passage qui dans l'ensemble passa inaperçu.

Sa naturalisation lui était refusée malgré un travestissement « comac et vachement conforme », grâce à une documentation puisée aux sources dans les plus « valables » histoires de Marie-Chantal.

Son personnage n'était qu'une fidèle copie, qu'un travesti réussi à la manière de ceux des choristes de l'Opéra, il lui manquait ce « Comment dirais-je » dans la langue de Saint-Germain-des-Prés, ou ce « Je-ne-sais-quoi » dans la langue d'un certain Bossuet… une âme enfin, si vous préférez.

Une Ghislaine ne s'improvise pas. Ce n'est pas un genre, c'est une race.

Ralph, en revanche, n'avait fait aucun effort vestimentaire pour se confondre avec la faune de ce zoo parisien. Les gamins un peu mûrs, les efféminés languissants et leurs compagnes asexuées ne remarquèrent même pas ce « vulgaire » égaré.

Lui non plus, ne les vit pas.

Il recherchait la trace d'un membre de leur confrérie, spéléologue à ses heures, dernier amoureux connu d'Yvette Starensky. Sa fiche signalétique dressée par son client mentionnait comme points d'attache possibles Le Flore, Les Deux-Magots, Le Médiéval.

Sous son vrai nom, Guy de Montrose, il ne fut identifié nulle part. Si seulement Ralph avait eu une photo !

Un peu découragé, il tenta au hasard une incursion au Véritas, humble bistrot transformé au goût du jour pour éviter la faillite par boycottage des habitués du quartier.

À première vue, le garçon jurait dans ce cadre. Il n'avait pas été renouvelé avec le mobilier. Il eût été plus à sa place dans un bar de Montmartre comme homme de main.

— Vous désirez ? lança-t-il sans interrompre son service.

— Ne connaîtriez-vous pas par hasard un nommé Guy de Montrose ?

Un déclic s'opéra aussitôt dans sa petite tête de gorille. Il plissa ses yeux et dévisagea son interlocuteur d'un air peu engageant.

— Vous voulez parler d'Aghoo-le-Velu ?

— Aghoo-le-Velu ? répéta Ralph.

Ce surnom a tendance littéraire l'étonnait. Il est vrai qu'à Saint-Germain-des-Prés l'érudition est monnaie courante. Il ne tarda pas à s'en convaincre en écoutant les explications du garçon :

— Oui, Aghoo-le-Velu, ou l'homme des cavernes, si vous préférez... ou alors Guy de Montrose pour ses héritiers et ses amis tels que vous, ajouta-t-il en toisant Ralph d'un air méprisant.

— Excusez-moi. Je ne savais pas... j'arrive de ma province.

— Oui, et alors... qu'est-ce que vous lui voulez, à M. Guy de Montrose ?

— Le voir, si c'est possible !

— Vous aurez du mal... quoique, moi, ce que je vous en dis c'est sans importance.

— Vous savez où je peux le trouver ?

— Non !... Et puis nous ne sommes pas une agence de renseignements. Le patron pourrait vous dire ce qu'il sait... si votre tête lui revient.

— Puis-je le voir ? demanda Ralph sans se démonter.

— Bien sûr ! Vous n'allez pas nous quitter sans bavarder un peu avec lui. Les amis de nos amis... comme il dit... sont nos amis. Suivez-moi.

Ralph fit signe à Carlotta de l'attendre sur la terrasse.

— La môme est avec vous ? questionna le garçon.

— C'est ma femme, précisa Ralph.

— Ah ! bon ! accepta-t-il déçu en hochant la tête.

Dans l'arrière-boutique, transformée en débarras plutôt qu'en bureau, le patron faisait ses comptes. À son accent il devait être Corse et Ralph là-dessus ne pouvait se tromper. Il était bien placé pour déceler cet accent assez spécial même chez un Parisien d'adoption.

— Heureux de vous connaître. Asseyez-vous.

Le patron n'avait pas bougé. Affalé sur sa table et plus absorbé à étaler les cendres de sa cigarette sur ses dossiers que par les chiffres chevauchants sur les paperasses en désordre, il était censé travailler. Il leva enfin la tête.

— Alors, comme ça… vous connaissez Aghoo ?

— Non, rectifia Ralph, Guy de Montrose… il était mon camarade au lycée d'Avignon.

— C'est loin… j'ai l'impression qu'il a dû évoluer depuis cette époque et vous ne le reconnaîtriez certainement pas.

— Je l'ai revu depuis.

— Ah !… et il y a longtemps ?

— Pas très longtemps.

Ralph ne tenait pas à donner trop de précisions et pour cause. Afin de rendre son affirmation plus vraisemblable, il égrena au compte-goutte le peu de détails dont il était sûr.

— À cette époque, il se passionnait de spéléologie… trouvait entre-temps une détente nécessaire dans ce quartier qui battait, disait-il, au rythme de sa pensée un peu farfelue… Il m'avait parlé de certaines de ses aventures. La dernière en date avait pour objet une jeune fille d'excellente famille qui s'appelait, je crois… Yvette. Par elle, je pourrais bien le retrouver s'il est en ce moment à Paris. Ne croyez-vous pas ?

— Ça m'étonnerait, répondit le Corse, tout en réfléchissant.

Après une grimace ennuyée, il crut bon de s'expliquer plus clairement.

— Mon pauvre ami, cette fille ne fréquente plus le quartier depuis plus d'un mois. Paris est grand et entre nous je crois qu'Aghoo ne l'intéresse plus. Quant à lui, je suppose qu'il a dû retourner à ses cavernes… Cela le reprend de temps à autre… Chacun ses idées, pas vrai !

— Ainsi, d'après vous, je n'ai aucune chance de le rencontrer cette fois-ci ?

— Pas la moindre et vous pouvez me faire confiance. Si c'est pour vous amuser un peu… je puis vous donner quelques bonnes adresses.

— Non, merci ! C'est lui que je venais voir… Je m'excuse de vous avoir fait perdre votre temps… Je vais tout de même essayer de trouver encore quelqu'un qui puisse me renseigner… sa logeuse, par exemple.

— Là, je vous arrête. Il change de chambre comme de chemise.

— J'y pense, il m'avait aussi parlé d'une certaine Rita, qu'il considérait un peu comme sa sœur.

Le Corse partit d'un rire sinistre. Rita devait soulever en lui tout un flot de désirs inassouvis.

— Elle est trop bien balancée, celle-là, pour s'en tenir longtemps au rôle de petite sœur.

— J'ai peut-être mal compris ! L'essentiel pour moi est qu'elle me dise où il est… quant à leurs rapports sentimentaux, ça les regarde.

— Bien sûr, vous vous en foutez ! Bien que vous faites, d'ailleurs ! Un bon conseil, laissez Rita tranquille et j'ai mes raisons… Cette petite est un peu nerveuse ces jours-ci et quand elle est dans cet état dépressif elle se cache, cette chère mignonne. Si bien que j'aurais moi-même du mal à la trouver.

— Elle doit bien travailler quelque part ? insinua Ralph avec une insistance naïve et exaspérante.

— Oui, mais où ?… Voilà !

Interrogation ? Exclamation ? Le ton ne permettait pas de préciser. Seul le regard du Corse épiant la réaction de Ralph démasquait un piège. Avec une candeur très naturelle, Ralph s'y précipita tête baissée.

— Comment est-il possible que vous l'ignoriez ! Moi, venu du fond de ma province, je le sais et vous non ! Tous pareils, ces Parisiens !

Ce n'était plus le moment de faire un faux pas, car aux plaisanteries de Ralph le Corse avait froncé ses épais sourcils.

— Et où travaille-t-elle, d'après vous ?

— Mais à l'Institut de beauté Star et Cie. Et attention ! je vais vous surprendre encore plus. Star, vous m'entendez bien… Star, n'est que l'abréviation du nom de famille des patrons. Leur nom est Star… j'ai oublié la suite, mais ça doit se terminer je crois par « sky ». Comme astuce, je la trouve excellente.

Le Corse, en revanche, n'eut pas l'air de la trouver à son goût. Il frappa sur un gong de cuivre d'un coup sec. Le garçon apparut aussitôt, à croire qu'il ne faisait qu'un avec la porte.

— Tino, apporte-nous deux whiskies… maison.

Un autre Corse, enregistra Ralph tandis que le garçon précisait sans raison apparente.

— La femme de notre ami l'attend sur la terrasse.

Le patron s'écorcha la gorge avec un « Ah ! » de surprise qui changea le cours de ses pensées.

— Je doute que notre conversation intéresse votre femme. Vous pourriez cependant l'inviter à se joindre à nous. Elle doit s'ennuyer toute seule.

— Inutile, intervint Ralph. Ne vous inquiétez surtout pas pour elle. La vie de Paris est un spectacle dont elle ne se lasse jamais.

Le patron parut se résigner et Ralph remarqua que la commande avait changé.

— Alors, Tino, apporte-nous deux apéritifs... Que préférez-vous ?

— Le whisky sera parfait !

— Bon ! Alors deux... bons whiskies !... et en vitesse ! Nous avons à parler, car tu sais, Tino, monsieur est très renseigné sur Aghoo et c'est moi qui m'instruis.

— N'exagérons rien, manifesta Ralph avec modestie.

— Je sais ce que je dis... Et la preuve, c'est que je vous crois capable de retrouver Rita... et de là avec un peu de veine d'obtenir l'adresse d'Aghoo.

Indirectement cette précision était destinée à informer Tino qui disparut en grognant :

— Ça, alors, ça m'étonnerait !

— Moi aussi, approuva Ralph.

— Je vous y aiderai, cher ami... mais, au fait, comment vous appelez-vous ?

— André Comte.

— Vous avez une situation, bien sûr.

— Très modeste. Je suis employé de banque.

— Vous vous débrouillez pas mal pour un gratte-papier.

Tino revenait déjà avec son plateau garni et… trois verres.

— Reste un peu avec nous, Tino… Carlos fera bien tout seul. Il n'y a pas foule aujourd'hui.

Cette invitation ne le surprit pas. Il se contenta de préciser :

— Carlos est prévenu.

Les deux hommes s'installèrent en encadrant Ralph. Le Corse fit circuler ses cigarettes avant de trinquer sans trop savoir à quoi. La conversation allait prendre un tournant dangereux et Ralph laissa au Corse l'initiative de l'attaque.

— Qu'est-ce que vous lui voulez au juste, à votre ami ?

— Le voir !… Je vous l'ai dit.

— C'est bien tout ? insista le Corse, soupçonneux.

— Oui, c'était un bon copain. J'aurais plaisir à ressusciter quelques souvenirs du « bon temps »… à avoir des nouvelles d'autres camarades que j'ai perdus de vue… à savoir ce qu'il est devenu lui-même.

Le Corse n'était qu'à demi convaincu.

— Oui, je vois ! Mais vous êtes bien sûr qu'il n'y a pas une autre raison plus précise ?

— Entre nous, répondit Ralph amusé, je vous trouve un peu trop curieux. Entre amis, on a toujours des secrets à se confier.

— Nous aussi, on est ses amis et on ne se cache rien, on marche coude à coude surtout lorsqu'il y a un pépin. Si vous aviez quelque chose de sérieux à lui faire savoir, même confidentiel, je pourrais…

— Non, plaisanta Ralph, rien à faire. Nos secrets ne sont pas les vôtres !

— Dommage ! grogna le Corse. Alors, mon petit ami, un bon conseil. Attendez donc qu'Aghoo ait envie de vous voir. À Paris, il est bon de savoir où l'on met les pieds. Vous m'êtes très sympathique et je n'aimerais pas qu'il vous arrive un ennui. Aghoo ne me le pardonnerait pas. C'est pourquoi je suis décidé à faire quelque chose pour vous. Rita… je dois précisément la voir ce soir.

— Je croyais que vous ignoriez où elle se trouvait !

— J'ai une mémoire capricieuse. Je vous promets de lui demander si elle connaît l'adresse de votre ami et demain j'irai vous voir à votre hôtel. Ça marche ?

— Vous êtes trop aimable.

— C'est bien parce que c'est vous !

Ralph quitta ses nouveaux amis en leur offrant un sourire épanoui de provincial trop fier de s'être fait des relations dans la capitale.

Les mains aux poches, signe d'une profonde réflexion, le patron du Véritas et son second regardaient partir ce phénomène dont l'attitude les laissait perplexes.

— Qu'est-ce que vous en pensez, patron ? demanda Tino qui n'avait pas d'idée très précise.

Le patron en était au même point. Il hocha la tête. Comme c'était à lui à prendre une décision, il conclut :

— De toute façon, il faut faire surveiller Rita.

7

Ralph entraîna Carlotta vers le boulevard Saint-Germain, gagne la station de métro Maubert pour descendre aussitôt après au coin de la rue du Bac.

D'un pas rapide il se faufilait dans la foule, regardant de temps en temps derrière lui pour s'assurer qu'il n'était pas pris en filature. Distrait, il oublia de répondrc aux nombreuses questions de son épouse sur le résultat de sa visite au Véritas.

Ne pouvant tolérer de le sentir absent à ses côtés, elle se lança dans un long monologue qu'il pouvait être censé écouter avec patience sans être dans l'obligation d'y répondre. Elle se dupait elle-même et le savait. Elle agissait toujours ainsi, préférant cette solution à une dispute qu'elle n'aurait pas manqué de soulever sans résultat d'ailleurs.

— Tu sais, commença-t-elle, j'ai vu de très beaux garçons à Saint-Germain-des-Prés. Ce que tu racontes sur le débraillé, les mœurs équivoques et le reste, c'est en grande partie de la blague. Il y avait un type, entre autres, qui n'avait rien d'une fillette. Un mâle dans toute sa force primitive et… racé avec ça. Une tête volontaire, à facettes, qu'on eût crue taillée dans la pierre, un menton énergique et cependant un air rêveur et poète… avec son collier de barbe. J'ai eu l'impression d'apercevoir un jeune dieu antique venu là en touriste… Et je passe sur l'autre sexe. J'ai remarqué quelques filles – très jeunes bien sûr – qui n'avaient rien à envier aux vedettes que tu admires tant au cinéma… Dans un sens, j'étais assez heureuse que tu ne sois pas à mes côtés.

Tout en parlant, elle le suivait machinalement et fut tout étonnée de trouver devant elle un taxi à l'arrêt.

— Alors, tu montes ou je t'abandonne à tes rêves.

Debout, maintenant la portière entrouverte, Ralph se moquait de sa surprise.

— Dépêche-toi ! Nous allons visiter un institut de beauté.

Ralph s'assit à ses côtés en observant la circulation dans la glace arrière. Puis il se retourna avec un soupir de soulagement, s'octroya une cigarette et sollicita presque du regard de reprendre la conversation.

— Monsieur est revenu parmi nous ?

Il n'en attendait pas moins pour répondre à toutes les questions qu'il avait jusque-là laissées sans réponse.

— Excuse-moi, je craignais d'être suivi. J'étais un peu inquiet. Je viens d'allumer un pétard sans savoir ni où, ni quand il éclatera. J'ignore encore si ma piste est la bonne. De toute façon, je le saurai bientôt. Si tout se passe bien, ce soir tu auras quartier libre. J'aurai besoin d'être seul.

— Où iras-tu ?

— À un rendez-vous.

— Avec une femme ?

— Bien sûr.

— Et pourrait-on savoir où ?

— Je compte lui laisser le choix et j'oublierai de te le dire pour que tu n'aies pas la curiosité de rôder aux alentours. Je te dirais bien que ce serait dangereux, mais tu ne me croirais pas.

— Que penses-tu obtenir d'elle ?

— Une adresse, ou tout au moins une direction pour orienter mes recherches. Tu connais le célèbre slogan : « Cherchez la femme ! » eh bien, il suffit de l'inverser lorsqu'une femme disparaît. Et c'est pourquoi, moi, je cherche un homme qui a dû être le dernier amoureux d'Yvette Starensky sans cesser d'être l'amant de cœur, comme on dit dans les romans sentimentaux, d'une certaine Rita. Et c'est elle que je veux voir en tête à tête.

Le chauffeur chercha une place libre pour son taxi le long du trottoir. En trouver une eût été anormal. Il s'arrêta un peu plus loin en pleine circulation, en maugréant contre l'incapacité du préfet de police et la stupidité des gens qui utilisent leur voiture personnelle alors qu'il y a... les taxis.

À chaque fin de course, il devait rééditer sa pétition. Son arrêt insolite provoqua dans le flux des voitures un remous dangereux. Il s'en aperçut et conseilla à Ralph de faire vite.

— Car, ajouta-t-il, je n'ai même pas le droit de stationner ici. Je me suis arrêté pour vous rendre service !

Service, égale pourboire. Raph s'exécuta.

L'Institut de beauté Star et Cie occupait un vaste immeuble d'apparence bourgeoise. Aucune publicité tapageuse ne sollicitait l'attention des passants. Une simple plaque de marbre blanc le situait pour les initiés. Le couloir sombre et calme rappelait l'entrée d'une clinique et l'on n'eût pas été étonné d'y découvrir un panneau conseillant le silence.

Accueillis au premier étage par des blouses blanches, Ralph ne tarda pas à être reçu par le docteur Rameau, tandis que Carlotta acceptait avec joie de visiter les divers centres.

Le docteur Rameau se présenta sous les traits d'une femme jeune et séduisante.

Attribuer sa ligne pure et ferme à l'application stricte de son art devait être l'erreur commise par la plupart des clientes de l'institut.

Son choix comme directeur n'avait eu d'autre but que de créer cette profitable confusion : publicité de la maison, discrète et efficace.

— J'attendais votre visite, dit-elle à Ralph en lui faisant signe de s'asseoir. N'en soyez pas surpris, M. Starensky était un homme d'ordre et il m'avait prévenue d'avoir à vous faciliter votre travail dans le cas où vous viendriez à l'institut. Son suicide… inattendu devait fatalement vous conduire jusqu'ici. Il faut retrouver Mlle Starensky au plus tôt. Sa place est ici et sa présence est indispensable et urgente. J'ai bien la signature et l'institut peut encore tourner… mais ce n'est pas suffisant. Diriger une maison comme la nôtre, c'est à tout instant prendre de gros risques… c'est jouer à la Bourse des nouveautés esthétiques… c'est créer sans arrêt de nouvelles installations coûteuses et souvent très vite périmées… c'est se maintenir à la pointe d'un mouvement qui s'accélère tous les jours en changeant de rythme. Seule Mlle Starensky peut prendre des décisions engageant l'avenir de l'institut. Je n'ai pas moralement le droit de le faire et pendant ce temps-là plusieurs contrats attendent sur son bureau. Évidemment, si elle ne revenait pas, je prendrais mes responsabilités.

Son souffle oratoire était aussi intarissable qu'un microsillon ennuyeux dont on désespère d'entendre le déclic de l'arrêt automatique.

— Oui, tout cela est très important, consentit Ralph sans conviction. Mais parlez-moi plutôt de Mlle Starensky et surtout de son absence prolongée. Qu'en pensez-vous ?

Le docteur Rameau se concentra, fit chevaucher sur son petit nez retroussé des lunettes, insignes universellement reconnus du savoir, de l'autorité et d'un intellectualisme conscient.

Il va sans dire que ses lunettes avaient été choisies avec soin dans la catégorie dite « embellissante » que les opticiens astucieux ont placée sous la rubrique de la mode féminine.

Nos enfants n'auront plus que des binoclardes à aimer, à moins que d'ici là… elles ne jettent leurs lunettes par-dessus les moulins.

— Il faudrait des heures pour vous exposer avec quelque précision le caractère et le comportement de Mlle Starensky, commença-t-elle en pesant ses mots.

— Oui, peut-être… sûrement même, coupa Ralph inquiet. Je me contenterai d'un simple schéma.

— Comme il vous plaira, enchaîna le docteur. Disons donc tout de suite qu'il s'agit d'un sujet troublé par une hyperactivité hypophysaire.

— C'est-à-dire ? questionna Ralph malgré lui.

— Je m'explique. Les signes extérieurs de ces cas sont généralement une proéminence maxillaire, une saillie hyperdéveloppée des arcades sourcilières, un système pileux abondant, et je passe sur les détails.

— Oui, passons, je vous en prie. Cela est sans intérêt pour mon enquête.

Le docteur Rameau reposa ses lunettes d'un air vexé. Le cours était terminé.

— Eh bien ! dans ce cas, posez des questions. Je m'efforcerai d'y répondre simplement.

L'entretien était voué à l'échec. Ralph décida de l'abréger.

— Quel était le but du voyage de Mlle Starensky ?

— Toujours le même : s'isoler avec un homme de son choix.

— Tout de même, insista Ralph légèrement gêné, elle devait bien parfois voyager pour d'autres... motifs.

— Également... parfois le sport... souvent les affaires.

— Et cette fois ce n'était pas le cas ?

— Je ne crois pas... Guy de Montrose – je ne saurais dire monsieur pour ce personnage – n'a plus reparu à l'institut depuis son départ.

— Étant donné qu'elle n'était plus là, pourquoi, ou alors pour qui, serait-il revenu ?

— Pour une de nos employées...

— Mlle Starensky était-elle au courant ?

— Pourquoi pas. Elle attachait assez peu d'importance à la vie morale et sociale de ses flirts. Ils n'étaient pour elle que des compagnons nécessaires mais provisoires et seule la valeur physique importait. Inutile de vous dire que je n'étais pas d'accord entièrement sur ce point. C'est le danger d'une théorie mal assimilée pour un sujet non averti.

Cette façon catégorique de juger sans appel, de tout étiqueter définitivement laissait Ralph assez méfiant sur la valeur de ses affirmations.

— Et Guy de Montrose, quel genre d'homme était-ce ?

— Un sportif, solide et sain, d'une intelligence très moyenne. Incapable de se créer une situation, parasite d'une société assez stupide pour le tolérer et… spéléologue à ses heures. Un primitif égaré à Paris.

— Pensez-vous que j'aie des chances de le rencontrer ? Et où, à votre avis ?

— Nulle part et partout. Ce sont des êtres sans attache. On ne sait d'où ils viennent et encore moins où ils vont.

Jongler avec des idées générales est un jeu passionnant qui n'aboutit à rien, c'est un passe-temps gratuit pour intellectuel. Ralph sentait son cerveau chauffer dangereusement comme un moteur qui au point mort tournerait à plein régime. Il n'avait rien tiré d'utilisable de cette créature dont l'agréable présence parmi les humains n'était qu'un leurre. Elle habitait une autre planète.

Au hasard, il changea de sujet.

— Avez-vous connu Mme Starensky ?

— Assez peu. L'institut venait d'être fondé à l'époque de son accident.

— Dans l'Ardèche, je crois ?

— Oui, elle faisait beaucoup de canoë… comme sa fille, d'ailleurs. Un sport complet que je recommande. J'ai entendu dire qu'elle avait choisi l'Ardèche car elle possédait de vastes étendues de terrains incultes dans cette région et que, par curiosité plus que par intérêt, elle avait voulu les voir. Ce sont des friches sans valeur dont les titres de propriété figurent pour mémoire dans les héritages successifs depuis des générations.

Ralph stoppa l'élan du docteur Rameau, qui démarrait de nouveau en flèche sur l'autostrade des idées générales.

— Je n'ai plus qu'à vous remercier de votre utile collaboration. Je vous tiendrai au courant des résultats de mes recherches.

— Faites vite !

Ralph se leva et dut se cramponner au dossier de sa chaise en entendant le docteur Rameau conclure avec sérieux :

— Je crois que maintenant – après cette vue d'ensemble – il vous sera assez facile de terminer assez rapidement votre enquête. Pour ma part, j'ai bon espoir.

L'inconscience est trop souvent la rançon de certaines intelligences. Il était grand temps pour Ralph de se replonger dans le banal et le quotidien pour retrouver son équilibre et, si possible, Mlle Starensky.

— Docteur, j'aurais encore un petit service à vous demander avant de quitter l'institut.

— Je me ferai un plaisir de l'exaucer si c'est en mon pouvoir, minauda le Dr Rameau pour qui, si désespérant que cela puisse être, possédait cependant un certain charme.

Incohérence des êtres ou… ultime duperie des instituts qui sous des carrosseries rénovées aux formes séduisantes camouflent des âmes dont le reflet n'apparaît plus sur des visages préfabriqués.

Elle ne s'attendait pas à la question et son sourire se figea. Elle avait oublié de s'en fabriquer un de rechange.

— J'aimerais m'entretenir avec cette… Rita dont vous m'avez parlé.

Le docteur eut un haut-le-corps.

— Je ne vous ai pas donné son nom. Comment le connaissez-vous ?

— M. Starensky m'a laissé une documentation des plus précises.

— Je crains qu'elle vous égare, dans le cas présent. Tel que je croyais le connaître, M. Starensky a dû vous donner une masse de détails inutiles. À votre place, je me méfierais.

— Je me souviendrai de vos conseils. Néanmoins, puisque je suis ici, j'aimerais m'entretenir avec cette personne.

— Cette conversation, je puis vous l'assurer, ne vous sera guère profitable.

— Sait-on jamais ! répondit Ralph d'un air désabusé.

— Si vous y tenez vraiment !

Le docteur Rameau s'inclina à regret devant l'entêtement de Ralph. Son initiative la contrariait plus que de raison. Ralph supposa qu'il devait être définitivement classé dans le fichier des imbéciles.

8

Marcher sans but apportait à Ralph une détente salutaire. Aussi longea-t-il en flânant le boulevard Poissonnière, escorté par les lécheurs de vitrines, les étrangers et les provinciaux en vacances et toute la foule des Parisiens pressés, sortis soi-disant pour prendre l'air et qui s'oxygénaient à un rythme accéléré.

Les queues s'étiraient devant les cinémas qui refusaient déjà les retardataires.

« Pas avant dix heures », lui avait dit Rita, et elle avait ajouté : « Soyez patient si je suis en retard. »

Elle devait se douter qu'il lui serait difficile d'être exacte. Viendrait-elle seulement ?

Ralph prit un café à l'angle de la rue du Faubourg-Montmartre pour tuer le temps. À quoi bon arriver trop tôt ! Il but sa tasse d'un trait, régla le barman et repartit. Sa flânerie le rapprochait du lieu du rendez-vous. Peut-être ne le trouverait-il pas facilement. Il décida d'aller repérer l'endroit. C'était la raison qu'il essayait de se donner pour se rendre tout de suite au bar-tabac de la rue du Paradis où il devait l'attendre.

La rue était presque déserte et seule une femme attendait, comme tous les soirs, sans savoir qui.

Un instant, elle crut que ce serait Ralph. Il passa. Alors, ce serait un autre.

Le bar-tabac éclairait faiblement le trottoir de ses lumières filtrées par ses rideaux baissés. Ralph poussa la porte et s'engouffra sans être remarqué dans l'escalier qui conduisait au sous-sol. Deux enragés du 421 accoudés au comptoir ne se retournèrent même pas. Seul le patron coula un regard discret dans la glace et enregistra son arrivée.

Le caveau minuscule et à peine éclairé abritait un seul couple qui ne prêta aucune attention au nouveau venu.

Ralph choisit une table et s'installa. Face à lui, une glace lui permettait de surveiller l'escalier.

Et il commença à attendre.

Au bout de quelques minutes, le garçon fit diversion en se glissant vers lui à pas feutrés par habitude. Il commanda un café qu'il espérait meilleur que le précédent bien qu'il n'en eût pas le moindre souvenir. Il attendait et les journaux dont il s'était chargé ne l'attiraient pas. Il les rejeta sur la banquette. Le garçon revint. Il n'était pas loquace et, discret, remonta rapidement l'escalier.

Viendrait-elle ? Déjà cette question se glissait insidieusement dans sa pensée. De multiples raisons étayaient cette hypothèse qui se précisait.

Il n'était encore que dix heures et demie !

Maintenant il épiait chaque bruit de porte au rez-de-chaussée et aussitôt après interrogeait la glace. Personne, toujours personne !

Encore un bruit de porte, après combien d'autres ! Mais cette fois des talons claquèrent sur les premières marches. Des jambes suivirent, puis un corps et enfin un visage apparurent : c'était elle !

Essoufflée, elle se laissa tomber sur la banquette. Elle paraissait surprise d'être arrivée.

— J'ai bien cru que je ne pourrais jamais m'échapper !

Puis, sur un ton de reproche, elle expliqua :

— Pourquoi êtes-vous allé au Véritas, ce matin. Vous n'auriez pas dû. Si j'avais su !... Ce soir, Dario était méfiant.

Elle ajouta, habituée à camoufler et à ruser :

— Il est tellement jaloux !

— L'essentiel est que vous soyez là ! conclut Ralph qui avait hâte de poser les questions qui tourbillonnaient dans sa tête.

Rita aussi était pressée d'en finir et de repartir.

— Ainsi, vous recherchez la patronne ! Pourquoi ?

— Je vous l'ai dit. Son père m'en avait chargé peu avant de se suicider.

— Justement ; maintenant qu'il est mort, pourquoi la recherchez-vous toujours ?

— Parce que les affaires de l'institut exigent sa présence... d'une manière encore plus urgente. Je dois la retrouver coûte que coûte et très vite. Sans compter l'institut, il y a bien d'autres affaires dont le règlement ne peut être différé, sinon c'est la catastrophe.

Rita accepta l'importance de ces problèmes avec d'autant plus de facilité qu'elle n'avait pas la moindre idée de ce que les hommes désignent du terme volontairement vague « d'affaires ».

— Si je peux vous aider à la retrouver, je marche... à condition bien entendu que vous me donniez l'adresse d'Aghoo. C'est promis ?

— D'accord !... À supposer qu'ils soient ensemble !

— Alors, là, pas d'hésitation. J'en mettrais ma tête à couper. Elle en était folle. Et cependant, avec son pognon, elle aurait pu en trouver un autre et me le laisser.

Si elle s'engageait sur cette voie, la nuit ne serait pas assez longue. Ralph n'était pas là pour éponger son cœur. D'autres seraient mieux qualifiés que lui et il leur cédait volontiers la place.

— Il y a longtemps que vous êtes à l'institut ?

— Plus de trois ans.

— Et comment y êtes-vous entrée ? Il faut des diplômes et je crois des relations, car c'est assez demandé.

— C'est grâce à Mario. Il a voulu que j'aie un travail régulier. Dans un sens, il avait raison. Il m'a payé des cours d'esthéticienne et ensuite il m'a trouvé cette place. Il savait qu'il ne resterait plus longtemps à Paris. Il voulait que je gagne ma vie. Il n'était plus jeune, mais je l'aimais bien et je lui dois d'être restée indépendante.

— Qui était ce Mario ?

— Je ne l'ai jamais su… il avait beaucoup d'argent et devait être très riche. Lui aussi, faisait « des affaires »… Lesquelles ? Je l'ignore. Toujours est-il qu'il ne travaillait pas souvent et voyageait beaucoup.

— Vous n'auriez pas une photo de lui ?

— J'en porte toujours une sur moi… la seule que j'ai.

— Pouvez-vous me la montrer ?

— Je vous préviens que je la garde… Je ne m'en séparerai jamais.

— Soyez sans inquiétude, je vais vous la rendre.

De son sac, bourré d'objets hétéroclites, elle retira une photo signée d'Harcourt.

— Il y a longtemps qu'il est parti ? demanda Ralph tout en admirant le profil satisfait et un peu cynique du beau Mario.

— Cela doit faire trois ans.

— Plus de nouvelles depuis ?

— Non, jamais. Il m'avait prévenue. Il n'a pas dû revenir à Paris, sans cela vous pensez bien que je l'aurais su.

Cette confiance aveugle était touchante. Ralph ne jugea pas nécessaire de lui enlever ses illusions.

— Et il est parti seul ?

— Bien sûr que non… Avec cette tête-là !… Mais il m'avait prévenue. Il estimait que j'étais trop jeune pour lui et il tenait à me laisser faire ma vie. Il n'était pas égoïste. Alors, je ne peux pas lui en vouloir. D'autant plus qu'il est parti avec une femme de son âge et de son genre.

— Vous la connaissiez ?

— Et comment !… C'était la mère de la patronne !

— Mme Starensky !

— Elle-même ! C'est grâce à elle que je suis à l'institut, probablement. J'y ai pensé après !

Ralph appela le garçon qui, providentiellement, était descendu. Il en profita pour commander de la bière, car il avait la gorge sèche. La grille du puzzle commençait à se noircir.

— Mario connaissait-il Aghoo ?

— Je ne pense pas ! Aghoo n'était pas encore là lorsqu'il est parti. Il a dû arriver peu après… Il m'en aurait parlé !

Aghoo avait donc pris la relève et Rita avait servi de charnière pour maintenir le contact avec l'institut de beauté. Mario enlevait la mère et Aghoo la fille ! Pourquoi ?

L'autre couple se leva. Toujours enlacés, ils montèrent lentement l'escalier. Ce départ, Ralph le souhaitait depuis un instant bien qu'ils n'aient pas été très encombrants.

— Vous permettez, demanda-t-il aussitôt, que je tire un cliché de cette photo ?

Elle ne pensa pas à en demander la raison tant la chose lui paraissait difficile à réaliser.

— Comment allez-vous faire ?

— Très simple, vous verrez.

La curiosité lui fit passer inaperçu le caractère insolite de ce désir. Ralph tira de sa serviette un appareil photo, adapta un flash minuscule, cadra la photo à plat sur la table. Un éclair et c'était terminé. Il remit rapidement tout en place.

— Voilà, dit-il, c'est fait. Vous pouvez reprendre votre trésor.

— Ça, alors ! Et vous croyez que ce sera bien !

— Je vous en donnerai une épreuve, vous verrez.

— Chic ! Je pourrai la mettre dans ma chambre et je n'aurai plus peur d'égarer celle-ci.

— Revenons à Aghoo, proposa Ralph. Partait-il souvent ?

— Oui, trop souvent ! Il explorait des grottes un peu partout... Comme manie c'est drôle, ne trouvez-vous pas ? Il est vrai qu'il était instruit !

— Où allait-il le plus souvent ?

— Je ne sais pas. Il ne partait que pour huit jours maximum et quand je le questionnais il me répondait : « Laisse tomber, ça ne t'intéresse pas. D'ailleurs, les grottes ne sont pas dans les grandes villes et un petit bled ne te dirait rien ! »

— Et il ne vous a jamais envoyé un mot, une carte ?

— Si, une seule fois... au début ! Il était encore amoureux de moi... Il était allé chez son père, dans l'Ariège. Il m'a envoyé une vue du château de Foix.

— Son père habite Foix ?

— Non, il est perdu à une dizaine de kilomètres de là. Je sais qu'il a un château.

— Mais où exactement ?

— Vous m'en demandez trop ! Je n'en sais rien. Le château de Montrose doit être connu, vous ne croyez pas ? Enfin, moi, c'est tout ce que j'en sais. Ce dont je suis certaine, c'est qu'il n'est pas chez son père. Ils sont fâchés depuis cette époque.

— Il vous a dit pourquoi ?

— Pas exactement. Il paraît que son père était furieux de le savoir sans situation, mais ce qui a mis le feu aux poudres c'est qu'il a, paraît-il, amené des amis au château et leur genre n'a pas été du goût de tout le monde. De plus, ils se sont livrés à des fouilles et ont saccagé une partie du parc... Enfin ça n'a pas collé et depuis c'est fini. Je crois qu'Aghoo n'a plus à compter sur l'héritage de papa.

Soudain, changeant de ton, elle demanda :

— Vous avez l'heure ?

— Il est près de minuit.

— Il faut que je parte, dit-elle en rassemblant ses affaires. Dario va être fou de rage.

— Dario, c'est le patron du Véritas ?

— En voilà une question ! Qui voulez-vous que ce soit ?

Déjà elle s'était levée. Ralph ne songea pas à la retenir. Il aurait bien voulu poursuivre cette conversation à bâtons rompus qui lui avait révélé bien des aspects nouveaux de cette affaire. Il ne pouvait la retenir et la remercia d'être venue.

— Ne sortez pas avec moi ! Il ne faut surtout pas qu'on nous voie ensemble.

— Ne vous inquiétez pas. Je resterai encore quelques minutes au bar. J'attendrai pour partir que vous ne soyez plus dans la rue.

— Merci et n'oubliez pas ce que vous m'avez promis. Si j'ai l'adresse d'Aghoo, j'arriverai peut-être à le reprendre.

— Je vous le souhaite.

Ralph lui serra la main, d'une poignée amicale, à la pensée qu'elle ne reverrait sans doute jamais plus celui pour lequel elle avait pris ce soir bien des risques.

9

Ralph monta l'escalier derrière elle, lui sourit une dernière fois tout en se dirigeant vers le bar ou la piste du 421 avait simplement changé de mains.

Sur le pas de la porte, elle se retourna. Son regard le suppliait de tenir sa promesse.

Un client qui s'apprêtait à sortir lui ouvrit la porte et la suivit.

Au même instant, un grincement de pneus, une rafale de mitraillette réveillèrent la rue en sursaut. Une balle perdue tinta sur la grande glace du bar qui se laissa glisser en une cascade d'éclats scintillants, au clapotis cristallin.

Chacun s'était immobilisé, en conservant l'attitude dans laquelle il avait été surpris, comme les gosses qui s'amusent à jouer aux statues.

Puis ce fut le brouhaha de la détente. Ralph le premier fut dans la rue. Il savait ce qui était arrivé, mais ne pouvait y croire. Il n'y avait plus rien à craindre. Il courut sur le trottoir, où deux corps étaient couchés l'un près de l'autre.

Rita souriait encore : son cœur était plein d'espoir quand il avait cessé de battre.

L'autre était le client anonyme que les tueurs avaient pris pour Ralph. Lui, n'avait rien compris, il n'était pas dans le coup. Ses dernières pensées ne devaient être ni gaies, ni tristes. Peut-être ne pensait-il à rien. Son masque était anonyme comme lui.

La rue commençait à s'agiter, les contrevents s'entrebâillaient discrètement.

Plus loin, une autre silhouette se fondait avec le ruisseau. Ralph courut vers cette masse grise et recroquevillée. C'était un Arabe et son corps était déjà froid.

Rapidement, avant l'arrivée de curieux gênants, Ralph retourna le corps et l'examina à la lueur de sa lampe de poche.

Il avait été mitraillé, lui aussi, mais le sang n'avait pas coulé. Un coup de poignard l'avait bien avant envoyé au paradis d'Allah. La mise en scène n'était pas très réussie, mais elle était suffisante. Les journaux pourraient titrer : « Règlement de comptes entre Nord-Africains, rue du Paradis. Deux passants sont tués. »

Tête basse, à pas lents, Ralph revint vers le bar-tabac donc les portes grandes ouvertes laissaient échapper un faisceau de lumière crue, trouant la rue comme un projecteur.

Un groupe de badauds agités et piaillants servaient de paravent aux cadavres. Chacun vidait sa bile et vomissait ses convictions sur ces « attentats inadmissibles », sur cette époque « pourrie », et tant d'autres sujets qui permettent aux langues de s'affronter en de farouches polémiques tandis que les bras se raidissent et se croisent au moment de l'action.

Ralph ne put supporter ces cris de volière tout autour de Rita. Écœuré, il desserra l'étau de ces êtres surexcités, se baissa jusqu'au sol et, doucement, comme si elle dormait, souleva le corps et l'emporta dans ses bras avec précaution.

Le silence s'était fait autour de lui : c'était celui de l'incompréhension. Un cortège ahuri le suivit jusqu'au bar. Là, sur une banquette un peu à l'écart, il déposa le corps encore souple de Rita, lui donna une pose décente et lui ferma les yeux.

Les sirènes précédèrent l'arrivée d'un car de police et de nouveau le bruit grandit et s'intensifia, siffla de toutes parts et s'infiltra partout.

Mourir dans la rue, c'est démériter pour bien des humains qui oublient le recueillement qu'ils observent chez eux auprès de leurs morts.

Comme un ami fidèle, Ralph resta auprès de Rita. Elle avait été abandonnée et rejetée comme un objet devenu inutile et elle avait toujours gardé l'espoir.

Les agents s'agitèrent comme s'ils avaient hâte de mettre de l'ordre sur cette scène où la pièce était définitivement jouée. Ils recueillirent les douilles éparses, rassemblèrent les corps, celui du consommateur qui maintenant avait retrouvé son nom... Dupont, ce qui ne surprit personne, et celui de l'Arabe qui n'en avait pas. Ils oublièrent Rita et la laissèrent en paix sous la garde de Ralph. Seul le brigadier s'étonna et demanda simplement pourquoi elle était là et s'éloigna sans attendre la réponse, harcelé par ses agents dont l'activité les faisait ressembler à un essaim d'abeilles bourdonnant.

L'arrivée du commissaire de police canalisa les efforts de chacun.

Pressé, il donna aussitôt des ordres pour réclamer le fourgon, s'installa à une table et prit des notes. Les témoins affluèrent de toutes parts et il dut trier le flot d'informations inutiles et les appréciations hors de propos.

Ralph était le seul à être resté à l'écart.

Un agent vint le chercher, l'air soupçonneux devant cette attitude insolite.

— Le commissaire vous demande. Suivez-moi !

Après un regard d'adieu à Rita, il se dirigea à pas lents vers la table tandis que le commissaire le dévisageait.

— Vos papiers ?

La carte professionnelle que Ralph lui avait tendue lui brûla les doigts. Il la tourna, la retourna, avant de la reposer sur sa serviette. Il devait s'être fait une opinion sur ce curieux témoin et était obligé de la modifier.

— Que faisiez-vous ici ?

— Ce que l'on fait d'habitude dans un bar, répondit Ralph avec désinvolture. J'ai dû boire un café et une bière.

— Vous connaissiez, paraît-il, la femme qui a été tuée au cours de l'attentat.

— Si peu !

Le flegme de Ralph n'était pas du goût du commissaire qui, réveillé au milieu de la nuit, n'était pas d'une excellente humeur.

— N'essayez surtout pas de faire le malin. Ce n'est ni l'heure, ni le lieu. Je veux bien être aimable avec vous, mais n'en profitez pas.

Un agent essoufflé se présenta.

— Que me voulez-vous encore ? hurla le commissaire en saisissant la première occasion qui lui était offerte de détendre ses nerfs.

Devant l'hésitation de l'agent qui préférait attendre la fin de l'orage, il se déchaîna :

— Eh bien ! allez-vous parler, oui ou non ? Ce n'est probablement pas un secret d'État !

— C'est que, commissaire…

Et il jeta un coup d'œil sur Ralph.

— Ne vous tracassez pas pour lui et dépêchez-vous !

Exécution, dut penser son subordonné, et il débita d'un seul élan :

— La voiture radio vient de recevoir un message. La D.S.T. demande immédiatement le nom des victimes, des témoins, et tous autres détails intéressants.

— Déjà ! maugréa le commissaire en jetant lui aussi un regard haineux sur le détective qui maintenant lui devenait gênant.

Il le prit à témoin de ses ennuis.

— Enfin, qu'est-ce qui leur prend ! On voit bien que ce n'est pas leur service qui fait le boulot !

Il tendit à l'agent un papier griffonné qui traînait devant lui.

— Tenez. Transmettez cette liste et foutez-moi la paix.

Se reprenant aussitôt, il arracha des mains de l'agent la feuille qu'il venait de lui remettre et ajouta au bas de la page : « Ralph, détective privé, domicilié à Marseille. » Il replia le papier d'un air satisfait, tendit le pli au planton et se tournant vers Ralph ajouta avec malice :

— J'allais oublier de leur communiquer votre nom.

— Fâcheux, ironisa le détective.

D'un geste brusque, le commissaire referma sa serviette et ses deux mains à plat claquèrent comme des gifles sur le marocain. Un ressort le repoussa de sa chaise.

— C'est parfait ! Au commissariat nous serons plus tranquilles pour discuter. Je n'ai besoin que de quelques témoins, mais vous en faites partie, monsieur Ralph. Vous devez vous en douter.

— Ce n'est que trop naturel, commissaire, dit-il en se dirigeant vers la sortie.

La petite troupe fut vite rassemblée et démarra distancée par le commissaire qui regagnait furieux sa voiture personnelle, tandis que les témoins bénéficiaient du panier à salade.

La cérémonie se poursuivit toujours sur un rythme accéléré dès leur arrivée au commissariat.

Un à un, les témoins entrèrent dans le bureau défendu par le rituel « Défense d'entrer » et n'en ressortirent qu'une bonne demi-heure après en jurant qu'on ne les y prendrait plus.

La machine à écrire meublait les entractes de son crépitement monotone.

Un des agents de service consulta une fois encore sa montre. Lui aussi trouvait le temps long. La belotte de la nuit était compromise. Il regarda Ralph et compréhensif lui dit d'un ton paternel :

— Un peu de patience. Ça va être à vous !

— J'ai tout mon temps. Ne vous inquiétez pas. On est très bien chez vous et surtout on se sent en sécurité. C'est si bon de se rendre compte qu'on est bêtement en vie.

L'agent ouvrit de grands yeux et crut comprendre.

— Les balles ont dû vous siffler aux oreilles et c'est désagréable, n'est-ce pas ?

— Très désagréable. Je me suis même cru visé et presque touché.

— C'est ça ! C'est exactement l'impression que l'on ressent la première fois... On s'y fait, remarquez ! Puis, vous, ce n'est pas votre métier.

La porte du bureau s'ouvrit.

— C'est à vous, annonça l'agent, joyeux de voir disparaître le dernier témoin.

Avec un peu de chance, il pourrait faire un tour de belotte avant la fin de son service.

Le commissaire était en bras de chemise. Il prit une nouvelle cigarette en soupirant. Après ce témoignage, il allait enfin pouvoir aller se recoucher.

— J'espère que vous allez me donner d'utiles renseignements. Je n'ai enregistré les dépositions des autres témoins que pour la forme. Vous, je suppose, vous avez l'habitude de voir, de flairer le détail important et de dégager le principal de l'accessoire. Mais d'abord que faisiez-vous au bar ?

— Je croyais vous l'avoir dit.

— Mettons. Vous connaissiez la victime ?

— Non !

D'une seule détente, le commissaire fit reculer son fauteuil dont les pieds rayèrent le parquet.

— Vous n'allez pas recommencer. Vous êtes resté plus d'une heure seul à seul avec elle et j'ai des témoignages. Je passerai sur les insinuations des témoins. Enfin vous la connaissiez !

— Pas le moins du monde, insista Ralph en gardant son calme. Je cherchais à faire sa connaissance, ce qui est très différent.

— C'est malin ! Et dans quel but ?

— Ceci est une tout autre question... Je ne puis y répondre. Aucun rapport avec l'attentat et secret professionnel.

— Après cela, délivrons des licences à des « privés » ! Nous en reparlerons... Alors, que savez-vous de ce règlement de comptes dont vous avez été le témoin ?

— Qu'il s'agit d'un assassinat !

— Ne jouons pas sur les mots.

— Il n'y a pas eu de règlement de comptes. L'Arabe trouvé dans la rue n'a été déposé là que pour y faire croire. On a volontairement tiré sur Rita et sur l'homme qui normalement devait l'accompagner. Cet inconnu – Dupont, je crois – n'a été qu'une doublure inconsciente. Je lui dois une fière chandelle !

— Qu'est-ce que cette histoire ?

— Demandez donc au médecin légiste d'examiner le cadavre de l'Arabe. Il vous précisera à quoi il attribue sa mort.

— Nous verrons plus tard ! Pour l'instant, vous me paraissez être un témoin bien énigmatique et la question que je me pose et... que je vous pose est très simple : quel rôle jouez-vous ?

Un sourire pour toute réponse ne parut pas satisfaire le commissaire.

— Je vous écoute.

À regret, Ralph essaya de biaiser.

— Il serait préférable d'admettre que le hasard m'a conduit en ces lieux ce soir.

— Donc, vous refusez de répondre.

— Je ne puis faire mieux. J'accepte de parler de l'attentat de ce soir, je refuse simplement de donner le moindre renseignement sur mon activité à

Paris, tant que vous ne me prouverez pas qu'elle est illégale.

— C'est trop fort ! hurla le commissaire.

Il enchaîna sur un : « Entrez ! » à réveiller tout le commissariat en entendant frapper à sa porte.

À la vue du nouvel arrivant il se figea, la bouche encore ouverte pour catapulter des injures, et se précipita vers lui.

La jeunesse et l'allure sportive de l'inconnu écrasaient ce fonctionnaire bedonnant prêt à basculer dans une paisible retraite campagnarde. Jusqu'à ce jour, il se croyait encore actif et en donnait parfois l'apparence. Devant le dynamisme naturel du chef de la D.S.T., il avait pris un sacré coup de vieux.

— Excusez-moi, monsieur le directeur, je ne pouvais me douter de votre visite… à une heure pareille et pour une affaire si peu importante… d'autant que c'est la première fois que vous vous dérangez et d'habitude…

— Ne vous excusez pas, mon ami, c'est moi qui ai forcé votre porte pour gagner du temps et par prudence. Convoquer monsieur, rue des Saussaies, aurait pu se savoir et on n'évite pas deux fois de suite une rafale de mitraillette.

Sans plus s'occuper du commissaire, il vint vers Ralph et lui tendit la main.

— Heureux de vous connaître. Je ne pensais pas en avoir si tôt l'occasion.

Le commissaire en profita pour enfiler sa veste. De biais, il suivait cette scène pour le moins étrange et dont la signification lui échappait.

Pourquoi le grand patron de la D.S.T. était-il venu lui-même… à une heure du matin ? Ça ne s'était jamais vu. C'était bien la première fois qu'il avait un contact direct avec « l'homme le mieux informé de Paris », suivant la légende qui auréole tout ce service à part dont les méthodes autant que les activités sont spéciales et secrètes.

Bien sûr, cette affaire n'était pas de son ressort. Il le savait. Un passant affolé avait appelé la police sans rien préciser. Il était accouru et n'avait prévenu la D.S.T. qu'après avoir commencé l'enquête, mais il comptait bien se débarrasser de ce dossier entre leurs mains comme d'habitude.

Déférent et surtout gêné, le commissaire aurait préféré être ailleurs, et il fut tout heureux qu'on le priât d'y aller.

— Voudriez-vous, cher commissaire, me prêter un instant votre bureau. J'aimerais m'entretenir seul avec Ralph. Veillez donc personnellement à ce que nul n'écoute et ne nous dérange. D'ailleurs, ajouta le chef de la D.S.T. avec malice, j'ai amené deux de mes hommes qui vous faciliteront votre tâche.

10

Le directeur de la D.S.T. s'assit sur un coin du bureau après avoir repoussé pêle-mêle des dossiers qui le gênaient.

— Ce pauvre commissaire n'est pas encore revenu de sa surprise... Me voir, ici, à cette heure, le dépasse. Le rouage administratif est faussé... Le conformisme, voilà notre ennemi numéro un. C'est lui qui nous paralyse. Rapidité et efficacité sont les seules règles valables dans notre métier... J'ai l'impression que ce sont aussi les vôtres. Vous avez failli me gagner de vitesse. J'étudiais votre dossier quand j'ai lu votre nom sur la liste des témoins, il y a à peine plus d'une heure. J'ai préféré vous intercepter avant que vous ne glissiez entre les mains de la police.

Ralph, depuis un instant découvrait la réalité de la légende qui s'est depuis peu créée autour de groupes d'hommes qui travaillent dans un farouche anonymat, que la presse et souvent les polices étrangères ne parviennent pas à percer.

— Cigarette ?

— Merci !

Ralph cherchait en vain un terme pour s'adresser à ce phénomène dont les réactions rapides devançaient toujours les questions et les pensées de ses interlocuteurs. Aussi ne fut-il pas étonné de lui entendre donner la réponse à la question qu'il se posait.

— Appelez-moi chef, c'est plus court. Monsieur le directeur est réservé aux officiels qui ont du temps à perdre.

Et sans transition il enchaîna :

— Qu'avez-vous dit au commissaire sur les motifs de votre présence rue du Paradis ?

— Absolument rien. Ce qui n'a pas eu l'air de le satisfaire et votre arrivée m'a sauvé d'une situation qui devenait périlleuse.

— Je suis venu un peu pour cette raison. Sachez cependant que ce n'est pas dans mes habitudes et ne comptez pas sur nous pour vous dépanner une seconde fois. Je suppose que vous n'êtes pas assez naïf pour le croire. Quant au commissaire, il ne doit pas en savoir davantage. Je vais lui retirer le dossier tout de suite et je le chambrerai. Un attentat de plus ou de moins ! Le public ne s'en étonnera pas et j'aime mieux étouffer celui-là.

— Cependant... hasarda Ralph.

La riposte ne se fit pas attendre.

— Il n'y a pas de cependant chez nous.

— Ce n'est pas un attentat terroriste.

— Je le sais, martela le chef de la D.S.T. L'Arabe s'appelle Mahomed ben Soura. Il a été descendu dans un hôtel de Puteaux. C'est vous et Rita qui étiez visés. Ça vous suffit !

— Ainsi, vous étiez au courant !

— Et je n'ai rien fait, appuya-t-il. Pour moi, une action est efficace ou elle ne l'est pas. Nous ne sommes pas des justiciers. Nous poursuivons un but précis et l'accessoire doit être éliminé. Même vous, vous avez bien failli être éliminé… accidentellement. C'était un risque à courir. Vous avez gagné, j'en suis heureux pour vous !

Ce n'était pas dans sa bouche du cynisme, ni de la vantardise, c'était la vérité. Comme il s'agissait de sa propre personne, Ralph accusa le coup.

— Mettons que je n'aie pas eu de chance comme ce pauvre Dupont, aurais-je eu droit à une pensée émue de votre part ?

— Votre fiche encore vierge aurait rejoint toutes celles de nos agents dont les tombes anonymes – quand ils en ont – jalonnent la surface du globe. Je ne vous aurais même pas accordé la satisfaction posthume d'être « la victime innocente d'un attentat terroriste ». Votre qualité de détective privé aurait pu attirer l'attention de certains observateurs.

— C'est rassurant !

— Je tenais à préciser notre position à votre égard. Vous vous êtes engagé dans une affaire…

— Policière ! coupa Ralph.

Le chef de la D.S.T. le fixa durement, car cette interruption n'était pas à son goût. Il en avait vu d'autres et ne soupçonnait pas Ralph d'être trop coriace. Il riposta par un « Non ! » sans réplique.

— Policière ! Vous savez parfaitement que c'est faux. Pour en douter il faudrait être un imbécile, et je suis sûr de ne pas me tromper sur votre compte quoique je vous connaisse bien peu.

— Mlle Starensky, poursuivit Ralph sans se démonter, n'est ni une espionne, ni une trafiquante.

— Qui vous a dit cela ?

— C'est uniquement elle que je cherche.

— La distinction est trop subtile pour moi et est pratiquement sans intérêt. Enfin, je vous souhaite d'y parvenir, car dans ce cas j'aurai du même coup atteint mon but. Nos objectifs sont à vos yeux différents, mais pour moi ils doivent se rejoindre. La preuve, c'est qu'en moins de quarante-huit heures, vous et mes agents vous trouviez dans les mêmes lieux. Si nous arrivons les premiers nous vous offrirons Mlle Starensky – ou ce qui en restera – en prime et si vous la découvrez avant, c'est vous qui m'apporterez – sans le vouloir – ce que je cherche.

Oui, c'était bien cela, et Ralph, dès le début, savait à quoi s'en tenir. Il n'aurait jamais dû mettre les pieds dans cette affaire. Les circonstances l'y avaient poussé, et maintenant il se cantonnait dans une attitude qui ne correspondait plus à rien. Il tentait par un *distinguo* subtil de rester dans le cadre d'une affaire criminelle. Le pourrait-il encore longtemps ? Le chef de la D.S.T. n'était pas dupe. Avec une brutale franchise, il précisa sa position :

— Vous êtes de notoriété publique un détective privé lancé sur une affaire criminelle : l'enlèvement d'une jeune fille, ou du moins sa disparition anormale. J'accepte cette façade. Elle me plaît et j'ajouterai qu'elle nous est très utile à tous deux. J'ai tenu à vous informer que je n'y croyais pas... précisément parce que je vais faire semblant d'y croire et vous auriez pu vous méprendre. Ainsi, vous pourrez agir au grand jour sans camouflage et la préfecture de police donnera demain dans la presse un communiqué dans ce sens. Votre enquête inquiète déjà certains individus et ce n'est qu'un commencement. Ils se démasqueront comme ce soir et vous nous conduirez ainsi, je l'espère, sur une piste qui n'a pas encore été entièrement repérée.

— Si je vous comprends bien, je vous sers d'appât.

— Non, mettons de rabatteur si vous préférez, mais je ne vous interdis nullement de vous transformer en chasseur si l'occasion se présente. Un de nos agents a pris l'initiative de vous entraîner dans cette affaire. J'ai désavoué sa façon de voir, mais en y réfléchissant bien, il n'a peut-être pas eu entièrement tort.

Le chef de la D.S.T. fit le tour de la pièce, promena un regard ennuyé sur les meubles croulants sous les paperasses et la poussière, comme le touriste égaré qui parcourt la dernière salle d'un musée de province. Son chrono lui rappela d'autres rendez-vous. Il virevolta brusquement et vint se planter devant Ralph.

— Je n'ai plus que quelques instants à vous accorder et l'essentiel n'a pas été dit. Ma visite avait deux buts. Le premier, de vous empêcher de parler à la police. C'est fait et vous m'y avez aidé. Le second était de vous mettre en garde et de fixer définitivement notre position vis-à-vis de vous. Je ne veux pas qu'il y ait de malentendu à ce sujet. Je vous en ai parlé avec franchise. Je dois vous poser une dernière question. Êtes-vous décidé à continuer votre enquête malgré ses points communs avec la nôtre ?

— C'est évident. Je ne saurais abandonner.

— Il me reste donc à conclure. Je vous considère dès cet instant comme un agent... bénévole de ma direction. Vous en aurez tous les devoirs sans en avoir les droits.

Cette franchise brutale ne heurta pas Ralph. Bien au contraire, le chef de la D.S.T. lui devenait de plus en plus sympathique.

— C'est du favoritisme... chef !

— Je vous croyais mauvais caractère, d'après mes renseignements. Je ne manquerai pas de corriger votre fiche. Vous n'êtes qu'ironique et c'est bien meilleur pour vous.

— Je soigne mon éventuel avancement.

— Hélas ! vous avez un handicap trop sérieux pour envisager cette question.

— Puis-je savoir lequel ?

— D'abord, vous n'aimez pas le contre-espionnage et, surtout, vous êtes marié, et moi je n'aime pas à avoir des veuves à consoler.

11

Ralph ne quitta le commissariat qu'au petit jour. Carlotta, malgré son inquiétude, avait fini par s'endormir, vaincue depuis peu par la fatigue.

Deux filtres sur la table de chevet et de nombreuses revues et journaux épars autour du lit témoignaient de l'effort qu'elle avait dû soutenir pour l'attendre. Seul un livre non découpé ne lui avait été d'aucun secours. Elle n'avait pas eu la patience de donner dans le volume une centaine de coups de – de quoi, d'ailleurs ? – de coupe-papier, bien sûr, mais cet instrument n'est jamais à votre portée au bon moment.

Tandis que Ralph, avec mille précautions, mettait un peu d'ordre pour ne pas se coucher sur un lit de papier, Carlotta sursauta et s'assit d'un seul bond, les cheveux ébouriffés et les yeux boursouflés.

— Ne me regarde pas ! s'écria-t-elle. Je me sens horrible !

Impératif de pure forme, première coquetterie souvent très vite oubliée de toute femme à son réveil. Ralph s'approcha pour l'embrasser et la curiosité reprit le dessus.

— Où as-tu passé la nuit ?

— Au commissariat.

— Pour un détective, c'est un comble.

— J'étais en conférence, rectifia Ralph, avec un très haut fonctionnaire.

— Oui, ça sera pour épater les copains ! À moi, ton intérêt est de me dire la vérité, car je finirai toujours par la connaître.

— C'est ce qu'il y a de plus vrai.

Ralph lui raconta en détail toutes les péripéties de sa nuit. Avant de prendre des notes sèches et froides, il préférait retracer ses enquêtes devant Carlotta dont les réactions inattendues et parfois fantaisistes donnaient souvent à ses récits un relief nouveau.

Avec ses traits tirés, ses cheveux en désordre, son pyjama échancré à la grecque, elle avait tout de la pythonisse antique quand elle murmura, le regard flou :

— Pourquoi avoir tué Rita ?

Cette question elle se la posait à elle-même en se frottant vigoureusement les yeux qu'elle ne parvenait pas à ouvrir entièrement. Ralph, qui supposait sa femme sous l'effet d'une douce somnolence, répondit un peu trop vite :

— Pour l'empêcher de parler, voyons !

— Non, modula Carlotta avec une indulgence un peu trop appuyée, Elle avait déjà parlé !... Mon chéri, tes idées ne sont plus très claires, tu as besoin de dormir.

La réponse était trop logique pour convaincre Ralph et le ton protecteur de Carlotta l'incita à défendre son point de vue :

— Comprends bien ! Ils n'étaient pas certains qu'elle ait parlé et puis c'est moi qu'ils voulaient supprimer. Elle a profité de la charrette. L'occasion leur était offerte, ils en ont profité.

Cette explication ne pouvait satisfaire Carlotta. Elle ne méritait pas une réponse sérieuse.

— Tiens, je croyais que le patron du Véritas tenait à Rita. Il a l'amour cruel, celui-là !

Agacé par son air moqueur, il ajouta encore :

— Ce ne sont pas des compliqués. Ils ignorent les demi-mesures.

— Non, dit-elle avec son entêtement habituel. Tout cela ne tient pas debout. Logiquement, ils auraient dû récupérer Rita et… à la rigueur l'exécuter ensuite. Alors, pourquoi l'a-t-on tuée hier soir ?

— Exécution punitive, tout simplement. Elle parle : on la descend.

Carlotta ne parut pas entendre la réponse. Elle avait abandonné ce débat stupide et réfléchissait. Lentement, après un long silence, elle murmura :

— À moins… qu'il ait reçu l'ordre de la supprimer et qu'il ait été dans l'obligation d'obéir.

Ce fut au tour de Ralph de se moquer et il tenta de prendre sa revanche.

— Remarque très judicieuse ! La mort dans l'âme, il envoie sa maîtresse dans l'autre monde où il compte bien, sans y croire, la rejoindre dès que possible : c'est cornélien ! Avoue que tu exagères pour trouver à tout prix une explication. Crois-tu qu'il eût été assez sot pour en parler à son chef – en admettant qu'il en ait un – s'il avait supposé un seul instant qu'il puisse en recevoir l'ordre de la tuer ?

— Objection valable !

Puis dans un sourire elle ajouta :

— D'autres que lui pouvaient être au courant ! Ils ont pu se charger de l'exécution.

— Personne ne connaissait mon intention de contacter Rita en dehors du patron du Véritas.

— En es-tu bien sûr ?

— Autant que tu devrais l'être. Je ne t'ai pas quittée depuis notre arrivée à Paris.

Cette constatation n'était pas un reproche, mais que son mari l'ait remarqué fit sourire Carlotta. À son œil malicieux, Ralph comprit qu'elle tenait sa réponse en suspens et il s'attendait au pire. Il ne put cependant s'empêcher d'accuser le coup quand d'une voix suave elle susurra :

— Le docteur Rameau était aussi au courant de ton rendez-vous ! À ce que tu m'as dit, il n'en paraissait pas satisfait.

Le docteur Rameau ? Pourquoi pas !

À première vue, cette idée paraissait baroque. Au point où il en était, Ralph se promit de vérifier. Il était évidemment possible de construire une « grille » en partant de cette charmante personne. Les principaux personnages de son enquête gravitaient autour d'elle. Elle avait connu Mme Starensky et son gigolo Mario, premier protecteur de Rita, Yvette Starensky et son flirt Aghoo. Tous avaient évolué autour de l'institut de beauté dont elle paraissait tirer toutes les ficelles.

— Cette idée en vaut une autre, conclut Ralph qui ne voulut pas montrer trop d'enthousiasme.

— D'autant que nous n'avons aucun renseignement sur elle.

Les fiches d'Yvan Starensky étaient muettes sur ce point.

12

À son arrivée à l'institut Star et Cie un camion déchargeait d'énormes caisses qui encombraient le trottoir. Que pouvaient-elles bien contenir? Ralph n'eut pas le loisir d'approfondir cette question, car le docteur Rameau le reçut immédiatement.

— Je ne m'attendais pas à vous revoir…

Et après un temps qui parut très long, elle termina sa phrase par un « Si tôt » sibyllin.

Ralph refusa l'idée d'un cynique sous-entendu, d'autant plus que le ton en était naturel et aimable.

— Je suis sur le point de quitter Paris et j'ai tenu à vous revoir… surtout après les événements de cette nuit.

Ralph guettait les réactions du docteur Rameau.

— Que s'est-il donc passé ? demanda-t-elle avec une désinvolture qui excluait toute curiosité.

Devant son attitude qui paraissait si naturelle et sans la moindre trace d'inquiétude, Ralph voulut éprouver sa résistance et lâcha sans autre préambule :

— Rita a été tuée.

Le docteur Rameau avait les nerfs solides. Elle se concentra, tritura un paquet de cigarettes, puis elle prononça sa sentence sans montrer la moindre émotion :

— C'était fatal ! Les mauvaises fréquentations ne donnent jamais rien de bon. C'est dommage ! C'était une auxiliaire très au courant et très active.

Cet éloge funèbre sec et froid ranima chez Ralph cet instinct sentimental qui dort dans le cœur de tout homme.

— Bravo ! Regrets éternels et tournons la page ! Avec une sensibilité aussi vive, j'aurais été curieux d'entendre les paroles que vous auriez prononcées sur ma mort si, comme il était prévu dans le scénario, j'avais été étendu à côté d'elle.

Devant l'agressivité de Ralph, le docteur Rameau se cabra et, raidie sur son fauteuil, demanda sans aménité :

— Que voulez-vous me dire ?

— Qu'on a voulu m'assassiner, moi aussi, hier soir. C'est tout ! Pour vous c'est peu, pour moi, c'eût été très important. Heureusement, un inconnu a pris ma place sans le vouloir et a été tué avec Rita.

— Enfin, d'après vous, qui a bien pu faire cela ?

— Demandez-le donc à la police ? Ils vous répondront qu'ils n'en savent rien. Maintenant, si vous avez une idée, je vous écoute.

Nerveuse, elle s'agita, se leva et ses talons claquèrent sur le sol.

— Pour Rita, passe encore... Mais vous ! Pourquoi ?

— J'ai dû me montrer un peu trop curieux.

— Je ne comprends pas. Il ne peut y avoir aucune liaison entre votre enquête et… cet accident, car je ne puis croire qu'on ait voulu volontairement attenter à vos jours. Il n'y a aucune raison.

— Les journaux sont de votre avis. Rita et son inconnu ont été les victimes d'un attentat terroriste comme M. Starensky s'est, paraît-il, suicidé.

— Il s'est suicidé, vous me l'avez affirmé vous-même.

— Non, je ne vous ai pas démentie, c'est très différent. Moi, je sais qu'il a été assassiné… lui aussi.

Le docteur Rameau commençait à perdre son sang-froid. Elle ne tenait plus en place et revint s'asseoir pour se calmer.

— Monsieur Ralph, j'aimerais avoir quelques explications. Cette histoire romanesque que vous bâtissez ne correspond à rien. Il s'agit d'une simple fugue comme il y en a tant de nos jours. Alors, pourquoi tout compliquer à plaisir ? Votre imagination doit être encombrante dans votre métier.

— Je vous expose des faits, pas davantage. Je cherche à les expliquer comme vous tentez de le faire, vous aussi. Si vous préférez mettre tout sur le dos du hasard, je ne vous en empêche pas. Mais, à mon point de vue, je persiste à croire que mon enquête depuis le début gêne quelqu'un qui a tout intérêt à ce que je ne retrouve pas Mlle Starensky.

— Pure coïncidence !

— À votre place, je ne serais pas tranquille.

Le docteur Rameau partit d'un éclat de rire cristallin, bien timbré et au crescendo parfait.

— Vous êtes un grand comique, monsieur Ralph ! Quoiqu'un peu sinistre. Vous n'y êtes pour rien : déformation professionnelle. Le crime est votre pain quotidien : il vous obsède. Mais soyons sérieux. Si vous voulez mon avis, votre enquête ne peut être liée à aucun événement tragique. Cette chère Yvette en rirait la première si, dans les bras de son amoureux, elle se doutait de vos sinistres déductions.

Le docteur Rameau avait retrouvé son calme et, avec une satisfaction bien féminine, jouissait du résultat qu'elle croyait avoir obtenu tandis que Ralph s'excusait.

— Vous paraissiez inquiète, vous aussi.

— C'est exact, mais c'était simplement pour la bonne marche de l'institut. Quant à Mlle Starensky, j'envierais presque son sort... si j'avais son tempérament et sa mentalité.

— L'institut ne risque pas grand-chose avec vous, même si l'absence de Mlle Starensky devait se prolonger. Qui sait, vous lui donneriez peut-être même une orientation nouvelle ?

— Certainement !

Elle avait répondu un peu trop vite. Sans lui laisser le temps de se rattraper, Ralph en arriva à la question qu'il s'était posée en arrivant :

— J'ai aperçu tout à l'heure d'énormes caisses devant la porte et j'avoue avoir été intrigué. Déformation professionnelle ! Encore !

— Ce n'est que très normal, pour une fois. Je vais vous renseigner tout de suite. J'ai pris l'initiative de faire installer un nouveau Centre ou nous allons expérimenter un traitement révolutionnaire qui, je l'espère, est appelé à avoir un retentissement mondial. Nous créons à titre d'essai un service pour l'application de ce que j'ai appelé l'héliothérapeutique marine.

— Je ne vois pas très bien, avoua Ralph. Je suis assez profane sur toutes ces questions.

— En deux mots, voici ce dont il s'agit. L'air marin, et sur ce point je ne vous apprendrai rien, provoque chez la plupart des êtres un amaigrissement. De plus et surtout, la population vivant sur les côtes, souvent sans hygiène et sans soins esthétiques, ignore cependant la cellulite, ce fléau de la femme moderne. De là à en déduire que l'air et plus exactement les vents marins en sont la cause, il n'y avait qu'un pas à faire. Je l'ai franchi. Nous allons recréer dans une salle spécialement aménagée l'atmosphère de la côte, avec ses brises et ses vents violents saturés de sel, d'iode et de bien d'autres éléments suractivés. Dans un cadre que nous tenterons de rendre suggestif, car le psychique joue également un rôle important, nos clientes pourront perdre sans effort et sans risque les surplus adipeux qui les déforment.

— Génial ! approuva Ralph avec sérieux,

Le docteur Rameau ne sut jamais s'il se moquait ou si elle avait trouvé son premier adepte pour l'héliothérapie marine.

L'institut absorbait entièrement sa directrice. L'affaire était reléguée au second plan.

Dans son rôle elle était à son aise et se décontractait. C'était sa seule raison de vivre.

— Il ne me reste plus qu'à vous quitter, annonça Ralph en se levant. Que puis-je faire d'autre ici ? Je n'ai plus qu'à rejoindre Marseille.

Cette nouvelle éclaira le visage du docteur Rameau. Ravie de cette décision, elle demanda avec une pointe d'ironie :

— Et votre enquête ? Que devient-elle ?

Ralph eut un geste vague, désabusé.

— Pour l'instant, elle demeure en sommeil. Je n'ai plus aucune piste à suivre. Je comptais beaucoup sur Rita. Je n'ai rien pu en tirer et maintenant c'est trop tard. J'attendrai qu'un autre fait surgisse. Je compte sur vous dans le cas où vous découvririez quelque chose qui puisse me permettre de reprendre mes recherches.

Souriante, comme le sportif vainqueur qui tend sa main au vaincu, elle serra celle de Ralph. Sa satisfaction était un peu trop vive et elle ne put s'empêcher de la manifester.

— J'approuve entièrement votre décision et vous pouvez compter sur moi. Depuis hier, voyez-vous, j'ai changé d'avis. Il n'y a pas lieu de s'inquiéter au sujet de Mlle Stravensky et soyez sûr que l'institut tournera comme par le passé... en attendant le retour de l'enfant prodigue.

Ralph hasarda une dernière question, sans vouloir y attacher d'importance :

— Oui, mais... si elle ne revenait pas... que deviendrait votre institut ?

— Nous sommes en société et même sa disparition ne pourrait compromettre l'avenir de cette maison. Soyez sans inquiétude, moi, je resterai.

En dehors de son œuvre, rien ne comptait, et sa faculté d'oubli était surprenante. Starensky, Rita dormaient déjà dans un lointain passé... Mlle Starensky n'était presque plus qu'un souvenir.

Qu'importait tout cela, puisqu'il lui resterait toujours l'Institut Star et Cie.

Être seule à sa tête, libre d'agir entièrement à sa guise, devait être le rêve qui hantait ses nuits.

13

Ralph descendit l'escalier de l'institut très satisfait de son entrevue. Avant de quitter Paris, il lui fallait encore jouer une dernière carte qui présentait quelques risques.

Il s'arrêta sur le premier perron et par une fenêtre donnant sur la rue surveilla les allées et venues des passants.

L'un d'eux attira aussitôt son attention. Armé d'un journal, il faisait les cent pas devant l'immeuble. Ne se croyant pas surveillé, il observait ouvertement l'entrée de l'institut. Ralph sourit. Le chef de la D.S.T. le faisait filer pour avoir des renseignements de première main.

Pour une fois, Ralph était heureux de cette initiative. Loin de lui l'idée de semer son ombre. Bien au contraire, il comptait lui faciliter sa tâche. Aussi d'un pas nonchalant il la prit en remorque en évitant toute précipitation qui aurait pu égarer son suiveur.

Ainsi accompagné, il se dirigea en flânant vers Saint-Germain-des-Prés et s'installa à la terrasse du Véritas. L'homme au journal le rejoignit et prit également une table. Tout était pour le mieux.

Tino en l'apercevant ouvrit de grands yeux affolés et son plateau perdit un instant la notion de l'équilibre. Ralph lui fit signe d'approcher. Il avança comme un automate.

— Aurais-tu peur des revenants, Tino ! attaqua Ralph en le voyant bouche bée devant lui.

L'autre avait le souffle coupé. Il laissa tomber dans un souffle :

— Ma parole, vous êtes cinglé !

— On dit « fada » dans mon pays, qui est tout proche du tien.

Tino s'était ressaisi.

— Qu'est-ce qui vous prend de revenir ici ?

— Tu m'es tellement sympathique !... Et puis j'avais envie de revoir ton patron avant de partir, pour le remercier de s'être occupé de moi.

— Vous voulez voir le patron ? répéta Tino pour s'en convaincre.

La surprise dévoilait son air stupide et buté. Sans chercher à approfondir davantage, il voulut profiter de l'occasion qui lui était offerte de se débarrasser de cet individu trop gênant.

— Ah ! vous voulez voir mon patron !

Il avait l'air de dire : « Elle est bien bonne ! » et il ajouta accueillant :

— Venez donc ! Je vais me faire un plaisir de vous conduire auprès de lui.

Ralph l'arrêta d'un geste.

— C'est trop aimable à toi, Tino, mais je préfère l'attendre ici... sur la terrasse. J'aime le grand air et surtout la compagnie. Un tête-à-tête pourrait nous être néfaste à l'un comme à l'autre. Je suppose que tu me comprends.

Tino n'avait pas d'opinion et préféra connaître le plus vite possible celle de son patron. Il serpenta entre les tables et disparut sans prêter attention aux appels de clients qui voulaient profiter de son passage.

L'homme au journal n'avait pas encore de consommation devant lui. Dans un angle de la terrasse, il pouvait se dégager rapidement et devait à la rigueur passer inaperçu.

Les deux mains dans les poches, l'air distrait, le patron apparut enfin. Il était encadré de Tino et de Carlos.

Il s'arrêta sur le seuil et scruta de ses yeux noirs et perçants toute la clientèle comme si parmi elle il cherchait quelqu'un de connu. Plusieurs fois il recommença son manège, bien qu'il eût sans aucun doute repéré Ralph de l'intérieur avant de se découvrir lui-même.

Puis il se décida, après un dernier coup d'œil à ses deux acolytes, qui, debout à l'entrée du café, devaient être chargés de veiller au grain.

Très à son aise, Ralph répondit à l'air renfrogné du patron par un sourire des plus engageants.

— Merci d'avoir accepté mon invitation. Je n'en attendais pas moins de vous !

— Pas de salade et au fait tout de suite !

— Asseyez-vous, lui conseilla Ralph, ce sera plus pratique et moins voyant.

Soupçonneux, le patron hésita, voulut répondre et se reprit. Il saisit un fauteuil et marqua un temps. Il venait de remarquer l'homme au journal qui fixait la scène avec un peu trop d'insistance. Lentement, il se plaça face à Ralph.

— Vous vous faites accompagner maintenant, grogna-t-il entre ses dents.

— Ah ! s'exclama Ralph en riant franchement, vous l'avez senti, vous aussi. Je l'ai repéré également. La police est méfiante. Je suis suspect, figurez-vous, depuis hier soir... C'est amusant !

— Je ne trouve pas, coupa le patron. Et surtout je ne vous crois pas... Je sais maintenant qui vous êtes !... Alors, pas de boniments... videz votre sac... J'ai déjà perdu trop de temps avec vous.

— D'accord, approuva Ralph. Pas de détour, c'est plus net. Pourquoi avez-vous tué Rita ?

En voulant jouer cartes sur table, le patron était loin de s'attendre à une question aussi directe. Il encaissa mal ce premier coup.

— *Madre mia !* lâcha-t-il en serrant les poings dans une attitude menaçante.

— Tiens, vous êtes Espagnol ! constata Ralph. Moi qui vous croyais Corse.

Totalement dérouté par le flegme de son adversaire, le patron le fixait maintenant avec méfiance. Il aurait eu besoin de parler pour se calmer et il s'était bien promis de ne rien dire. Ralph venait de lui ouvrir une issue sans danger, il s'y lança avec une volubilité agressive.

— Oui, je suis Espagol, et après ?... Ce n'est un secret pour personne. Ma carte de séjour le mentionne et je m'appelle, si vous voulez tout savoir, Gonzalez Franco de la Puerta. J'ai rayé Franco de mon état civil à jamais. Je suppose que vous en comprenez la raison, que ça vous plaise ou non !

— Moi, vous savez, je trouve tout normal ! consentit Ralph sur le ton de la conversation la plus amicale. Chacun ses idées ! Si je comprends bien, vous êtes un réfugié politique et vos opinions...

— Ne regardent que moi !

— Alors, n'en parlons plus ! accepta Ralph.

Après avoir laissé à Gonzalez de la Puerta le temps de reprendre ses esprits, Ralph, sans en avoir l'air, remit le feu aux poudres.

— Vous n'avez toujours pas répondu à ma question. Pourquoi avez-vous tué Rita ?

Ralph crut un instant que l'Espagnol, perdant tout contrôle, allait bondir. Il n'en fit rien et se contenta de faire jouer ses muscles au détriment du fauteuil d'osier qui se mit à gémir.

— Je vous conseille de ne pas insister, parvint-il à articuler. Sinon, je ne réponds plus de moi. Votre garde de corps ne vous sera d'aucune utilité. Je serai fait, c'est plus que certain, mais je ne supporterai plus aucune allusion sur Rita. C'est votre faute si elle a été tuée et je ne suis pas près de l'oublier.

— Pensez aussi que j'ai bien failli y laisser ma peau, et pour moi c'est ce que j'ai encore de plus cher.

— Dommage qu'ils vous aient loupé. Avec moi, vous auriez été certain d'avoir votre compte. Et la prochaine fois...

— Il n'y aura pas de prochaine fois, coupa Ralph qui tenait à mener le débat. Je repars aujourd'hui... Vos histoires sont sans intérêt pour moi... Vous vous tirez sans réfléchir les uns sur les autres... Je n'aime pas ce genre... Ce ne sont même pas des règlements de compte, vous faites des cartons au hasard... Enfin, Gonzalez, je te demande un peu ce que signifiait hier soir cette fusillade ? Un passant tué... Entre nous, ce n'est pas très fort. Et

Rita ! alors que la pauvre fille n'avait absolument rien fait, ni rien dit ! Non, tu as perdu les pédales, tu t'es affolé !

— Je vous répète que je n'y suis pour rien. Quand je l'ai su, j'avais envie de tous les descendre.

Gonzalez suait à grosses gouttes. Tout son sang espagnol bouillonnait au rappel de cette nuit où il avait perdu Rita qui, elle pourtant, ne rêvait que d'Aghoo.

— Un jour, tu te vengeras ! Sois sans crainte, l'occasion se présentera au rythme où vous y allez.

— Oui, quand tout sera fini... alors nous réglerons nos comptes personnels.

Dans ses yeux, brillait cette flamme qu'entretient la croyance en des jours nouveaux et meilleurs chez tous les réfugiés politiques, quelle que soit leur nationalité.

Pourrait-il, après tant de haine et de crimes, trouver le calme auquel il aspirait ? Cette question, il ne se l'était certainement jamais posée.

Ce qui l'intriguait pour l'instant c'était de situer Ralph. Il ne parvenait pas à saisir le but de son intervention. Ralph, à sa façon, lui donna quelques explications.

— Gonzalez, je ne suis ni avec, ni contre toi. J'ai fourré mes pieds dans vos histoires sans le vouloir. Loyalement, elles ne m'intéressent pas.

— Alors, filez vite et surtout qu'on ne vous revoie plus. Vous pourrez dire que vous avez eu une sacrée veine de vous en tirer à si bon compte.

— C'est exactement pour te dire cela que j'ai tenu à te voir. Maintenant, si tu veux un conseil, lutte pour tes idées si telle est ta vocation, mais prends bien garde de ne pas te mêler à des trafiquants louches et sans opinions qui ne sont que des assassins.

— Ça me regarde !

— Alors, Gonzalez, nous nous retrouverons peut-être, car cet aspect de la question m'intéresse toujours. Tu paieras pour les autres, tant pis pour toi !

Ralph quitta le Véritas laissant le patron sans parole sous l'effet de cette douche écossaise.

Il se dirigea vers le boulevard Saint-Germain. Personne ne l'avait suivi, à l'exception de l'agent de la D.S.T. qui poursuivait sa filature avec application. À quoi bon lui faire perdre son temps. Ralph prit le parti de le prévenir et, faisant brusquement volte-face, vint droit sur lui.

— Inutile de vous fatiguer, mon vieux ! La pièce est jouée. Relâche, pour aujourd'hui.

L'interpellé n'eut pas besoin de mimer la surprise. Cette manœuvre inattendue le cloua sur place. Ses dénégations étonnées et vaseuses étaient éloquentes. Ralph le mit aussitôt à son aise et dissipa tout malentendu.

— Vous m'avez rendu un fier service, sans le vouloir. En quittant l'institut, je vous ai tout de suite repéré. Je suis un peu du métier, moi aussi ! Votre présence derrière moi m'a réconforté. Ma visite à Gonzalez de la Puerta était un peu risquée. Je le savais, mais je devais la faire coûte que coûte. Votre patron avait cru bon de ne pas me dire qui avait exécuté Rita et je tenais à avoir mon opinion là-dessus. Par élimination, j'ai non une certitude mais une idée et c'est beaucoup. Pour en revenir à ma visite au Véritas, le patron lui aussi vous a remarqué et c'est à votre présence que je dois d'être encore en parfaite santé.

— Vous avez un sacré culot, pour un privé de province !

Il ne niait plus, comme il avait eu envie de le faire. À quoi bon, d'ailleurs ! Il se montrait beau joueur et c'était mieux ainsi.

— Le patron m'avait prévenu que vous étiez un phénomène. Une fois de plus, il avait raison.

— Si je ne m'abuse, plaisanta Ralph, ils ont oublié de vous servir à boire. Il est vrai qu'ils étaient tous mobilisés. Vous ne me refuserez pas un bon pastis de chez nous. Vous n'êtes plus en service, puisque votre filature est terminée.

Il accepta de bonne grâce et ils s'installèrent dans un petit bar tranquille. Ils bavardèrent comme deux vieux copains. Au moment de partir, Ralph ne s'étonna pas de la question qui lui fut posée :

— Vous n'avez rien à dire au patron ?

— C'est vrai ! Repensons au boulot. Eh bien ! non, pas encore... J'ai revu le docteur Rameau, le patron du Véritas, et je crois que j'y vois plus clair. Pour l'instant, je repars.

— Pour où ?

— Marseille, probablement, à moins que vous n'ayez une piste à m'offrir... bien que, par pure vanité, je préfère la trouver moi-même.

14

Ralph laissa Carlotta à Paris, où elle devait s'occuper de rassembler des renseignements sur la Société Star et Cie, de recueillir quelques indications sur les affaires de la famille Starensky, et surtout d'établir le plus exactement possible le *curriculum vitæ* du docteur Rameau.

Constituer ce dossier devait demander plusieurs jours, car, en dehors des pièces officielles que les administrations finissent toujours par donner, il lui faudrait ruser et perdre un temps précieux pour déjouer la méfiance naturelle des hommes de loi qui gardent jalousement les secrets de famille enregistrés sur timbre.

Quant à Ralph, il ne rejoignit pas Marseille comme il l'avait prétendu. Il lui fallait à tout prix retrouver la trace d'Aghoo. Pour cela, il n'avait qu'un très faible indice, le seul que lui ait donné Rita : le château de Montrose, où le vieux châtelain terminait seul ses jours après avoir renié son fils.

Dans l'avion qui, d'Orly le conduisait vers Toulouse, il essaya de faire le point.

Il lui était impossible de ne pas admettre qu'il s'agissait d'une affaire de trafic d'armes. Il ne pouvait mettre en doute l'opinion de la D.S.T. Ils devaient être fixés sur ce point.

Dans ce milieu, Ralph situait parfaitement Gonzalez. Anarchiste de naissance, il était naturel qu'il participât au ravitaillement du F.L.N. comme il l'aurait fait pour n'importe quels autres rebelles, fussent-ils Lapons.

Quant aux autres !

À la rigueur, Yvan Starensky pouvait avoir financé l'opération tout comme une autre. C'était une affaire ni plus ni moins.

Mais quel rôle tenait le docteur Rameau ?

Cette créature active et intelligente ne pouvait être qu'un simple observateur passif. Ralph avait acquis la certitude qu'elle était au courant, sinon à l'origine de l'exécution de Rita. Alors ? À moins que sa froide lucidité l'ait incitée à jouer le troisième larron et qu'elle guette le moment propice pour s'approprier l'institut de beauté.

L'énigme demeurait entière, en ce qui concernait Yvette Starensky. Ses relations amoureuses avec Aghoo l'avaient-elles, seules, entraînée dans ce tourbillon. Cela eût été possible sans l'étrange précédent causé par l'accident de sa mère à la suite de sa fréquentation de Mario.

Les coïncidences, le hasard prennent souvent l'apparence d'un lien logique entre des événements disparates. Cette fois, il eût fallu être d'un fatalisme aveugle pour y croire. Tout devait finir par s'emboîter très exactement et dans ce puzzle chaque personnage devait avoir sa place.

Le lendemain, Ralph dénicha non sans peine le château de Montrose, bâti dans le roc à plusieurs kilomètres de Foix.

Une auto de location lui donna l'apparence d'un touriste quand il sonna enfin à la porte du vieux château.

Un domestique, tout étonné de voir un visiteur, crut à une méprise et questionna Ralph au travers des grilles.

— Que désirez-vous ?

— Guy de Montrose habite bien ici ? demanda Ralph.

Le vieux eut un hochement de tête.

— M. Guy !... Il y a bien longtemps qu'il n'est plus là et il n'est pas près de revenir. Au château, il ne reste plus que son père. Si vous voulez le voir !

— Je crains de le déranger, mentit Ralph pour paraître poli.

— Pensez-vous ! s'empressa le brave homme, il sera trop heureux de parler avec quelqu'un.

Le portillon grinça sur ses gonds usés et Ralph dut ralentir son pas pour suivre le pauvre vieux qui boitillait en traînant ses jambes sur le gravier de l'allée. Essoufflé d'avoir gravi les hautes marches qui donnaient accès au perron, il se retourna, souffla bruyamment et pria Ralph de l'attendre quelques instants.

— Il faut que je prévienne Monsieur que vous êtes là, mais d'abord il faut que je le trouve et ce n'est pas facile dans cette grande baraque.

Il s'éloigna, et le grincement de ses souliers cloutés sur les dalles de l'entrée s'enfla sous la voûte sombre qui l'avait absorbé.

Du perron tapissé de lierre et de mousse humide, Ralph dominait le parc ou du moins ce qu'il en restait. Laissé à l'abandon, il se transformait très vite en une forêt impénétrable qui se perdait au loin dans la rocaille broussailleuse de la montagne.

La bâtisse ne valait guère mieux. Elle devait avoir eu fière allure, il y a quelques siècles. Aujourd'hui, ses toitures affaissées, ses murs ridés de profondes lézardes, la vouaient à un abandon prochain.

Hubert de Montrose avait mieux résisté que son château. Ce n'était pas un vieillard malgré son âge, mais encore un solide gaillard bien droit dans son costume de chasse en velours noir.

— Heureux de vous accueillir sous mon toit, dit-il d'une voix chaude en apparaissant sur le perron.

Il rectifia aussitôt, en embrassant le château d'un regard attristé.

— Si l'on peut encore appeler ça... un toit!

— Ces vieilles demeures ont beaucoup de charme, répondit Ralph pour être aimable.

— Oui... pour un touriste qui ne fait que passer ou un chasseur surpris par l'orage. Soyons francs, ce n'est plus qu'un abri, qu'une tanière digne d'un ours de mon espèce. Enfin, tant pis pour vous... entrez donc. Je ferai de mon mieux pour vous y retenir autant de temps qu'il vous plaira. Tous ceux qui osent sonner à ma grille sont les bienvenus.

Leurs pas résonnèrent bientôt sous les voûtes d'une immense salle qui donnait envie de marcher sur la pointe des pieds, comme dans une église.

La voix d'Hubert de Montrose s'amplifia démesurément et sembla sortir de tous les côtés à la fois, comme si des micros invisibles avaient été placés un peu partout.

— Ne vous inquiétez pas, j'ai aménagé un coin plus intime. Une fois par semaine, j'y reçois mes amis. De vieux retraités comme moi qui retrouvent une étincelle de passion en jouant au bridge. Il leur arrive même de se fâcher, mais jamais plus d'une semaine.

La petite bibliothèque, avec ses nombreux rayonnages qui coupaient la pièce en dents de scie, donnait dès l'abord l'impression du bric-à-brac poussiéreux d'un bouquiniste spécialisé dans les livres anciens.

Son plafond avait été en grande partie abaissé par deux galeries qui la ceinturaient.

Un recoin, toujours calfeutré par des murs de livres et garni d'un confortable mobilier assez moderne possédait enfin des dimensions normales.

Une fois installé, il suffisait d'oublicr lc château pour s'imaginer bien au chaud dans une agréable maison de campagne. Une large ouverture sur une terrasse fleurie – la seule sans doute – complétait l'illusion.

— Mes félicitations !

Ralph était sincère et Hubert de Montrose paraissait assez fier de son œuvre.

Il proposa à son invité toute une gamme d'alcools et d'excellents cigares. Puis, plus par politesse que par curiosité, il crut tout de même bon de demander à Ralph l'objet de sa visite.

— Je passais dans la région et c'était pour moi une rare occasion d'essayer de revoir votre fils que j'avais connu au lycée d'Avignon.

— Mon fils ! s'exclama Hubert de Montrose, c'est un parfait imbécile !

Même dans ce jugement brutal, il y avait une pointe de regret et d'indulgence. Une explication était nécessaire et il ne se fit pas prier pour la donner. Seul au cours de trop longues journées, il devait y réfléchir souvent.

— Guy n'a jamais voulu travailler sérieusement. Rien sûr, ce n'est pas toujours drôle. C'est tout de même préférable que de crever de faim. Ce n'est plus un enfant et il a toujours des idées baroques.

— J'ai entendu dire qu'il était spéléologue.

— Oui, comme je suis un excellent chasseur. L'idée ne m'est jamais venue de vivre exclusivement de la chasse.

— Que fait-il maintenant ?

— Je n'en sais fichtre rien ! Je l'ai flanqué à la porte il y a trois ans, sans d'ailleurs attacher à ce geste le caractère définitif qu'il lui a donné. Je supposais qu'il comprendrait et reviendrait, ou à la rigueur que je le rappellerais... Les incapables et les faibles sont toujours très fiers... Mais non, il s'est cabré et je n'en ai jamais plus entendu parler.

— Vos dissentiments avaient peut-être pour lui plus d'importance que pour vous.

— Pensez-vous ! Il s'agissait comme toujours d'une histoire de fous et comme il était venu avec un de ses amis qui l'approuvait, j'ai dû me fâcher. D'ailleurs, cela vaut la peine d'être conté, c'est assez drôle. Mon fils arrive un jour au château et me présente un de ses amis, plus âgé que lui, un nommé Mario.

— Mario ! ne put s'empêcher de répéter Ralph.

Hubert de Montrose surpris par cette interruption n'en continua pas moins :

— Oui, Mario... je n'en sais pas plus. Il était, paraît-il, spéléologue lui aussi. Dès le lendemain, ils se mirent à explorer un vieux souterrain que j'ai toujours connu muré. Des résistants ont voulu s'en servir durant l'occupation, mais ils ont dû y renoncer. L'endroit était trop insalubre. Mon fils et son ami ont passé huit jours dans ce boyau humide et en grande partie effondré. Ils ont dressé des plans. Ils ont vainement cherché une sortie dans les alentours. Ces jeux puérils m'amusaient d'autant qu'ils en discutaient avec le plus grand sérieux. Bien que je ne partageasse pas leurs goûts, j'étais heureux de leur présence. Puis un soir, à brûle-pourpoint mon fils m'annonça qu'il avait trouvé un acquéreur pour le château. Je lui répondis que je n'avais aucune envie de vendre et que je comptais bien mourir parmi ces vieilles pierres qui se chargeraient peut-être de m'ensevelir un jour de grand vent. Il insista, je m'en étonnai. Soutenu par son ami, il devint agressif. Enfin, je vous demande un peu, s'accrocher à une pareille lubie c'est de la folie. Il en arriva à me parler de la part de l'héritage de sa mère dont cet amas de vieilles pierres constitue l'essentiel. Il me menaça de faire vendre malgré moi ! C'est alors que je me suis fâché et il y avait de quoi. Je n'ai plus eu de ses nouvelles.

— C'est curieux, murmura Ralph.

Hubert de Montrose ne pouvait pas suivre le cheminement de la pensée de Ralph.

— Il a toujours été buté !

— Non, rectifia Ralph, ce qui est curieux à mon point de vue, c'est de faire un rapprochement entre l'exploration du souterrain et le désir de vendre le château.

— Il ne peut y avoir aucun rapport, affirma Hubert de Montrose qui ne pouvait envisager la question sous cet angle.

— Excusez-moi, déformation professionnelle... Je suis confus, mais je ne me suis pas encore présenté : Ralph, détective privé.

— Détective privé ! s'exclama son hôte en s'animant. Cher ami, vous tombez du ciel.

Ralph espéra un instant avoir la révélation d'un fait important. Il fut déçu en entendant Hubert de Montrose s'engager sur une tout autre voie. Le souterrain le laissait indifférent.

— Justement, deux de mes amis – un ancien juge d'instruction et un colonel en retraite – se passionnent pour les romans policiers. Ils seront là ce soir et j'aimerais vous présenter à eux. Ce sera un vrai jour de fête. Figurez-vous qu'ils ont l'autre jour mis ma bibliothèque sens dessus dessous pour retrouver des œuvres inconnues qui seraient d'après eux à l'origine de ce genre. Faites-moi le plaisir d'être des nôtres ce soir.

Ralph accepta, bien qu'il eût pour principe d'éviter ce genre de conversations. Il allait falloir qu'il donne son avis sur la littérature policière qui lui était totalement étrangère et à laquelle il ne prenait aucun plaisir.

Mais, qui sait ! Le souterrain serait probablement évoqué et il comptait bien inciter ces deux amateurs de sensations fortes à y faire une petite incursion.

15

Après un copieux repas, arrosé de vins fins vieillis dans sa cave, Hubert de Montrose reconduisit son invité dans la petite bibliothèque pour prendre le café en compagnie de ses amis qui ne tardèrent pas à arriver.

Le château s'anima bientôt de leurs discours passionnés où il ne fut question que d'histoires policières.

Le juge d'instruction prônait le roman problème, tandis que le colonel montait en épingle le roman d'atmosphère. Adepte de l'espionnage, son ami devenait sur ce terrain un adversaire irréductible.

Hubert de Montrose se contentait de ranimer le débat par quelque remarque pertinente quand la discussion restait au point mort. Ralph, par politesse, émaillait discrètement la conversation de faits vécus. Quant au notaire, il paraissait s'être isolé dans une profonde méditation. Ces controverses passionnées ne l'atteignaient pas. Hubert de Montrose s'en aperçut.

— Mon cher ami, lui dit-il, vous paraissez souffrant !

Le notaire se racla la gorge, ce qui chez lui était le prélude à une déclaration gênante.

— J'aimerais mieux être souffrant et je ne suis que très ennuyé.

— Oubliez vos soucis, que diable ! lui conseilla Hubert de Montrose. Nous en avons tous et nous n'en mourrons pas. Auriez-vous perdu en Bourse ?

— Non, je ne joue pas ! C'est pour vous que je me fais du souci.

— Pour moi ! Alors, n'y pensez plus.

— J'aimerais, insista le notaire, m'entretenir un instant avec vous.

— Toujours des cachotteries… Je m'étonne que les notaires ne fassent pas usage d'un confessionnal.

Cette plaisanterie ne força pas son sourire.

— Venez, dit-il en se levant, je serai bref !

— Excusez-moi, messieurs, ironisa Hubert de Montrose, mon confesseur m'attend.

Son retour fut précédé d'éclats de voix. Chacun tendit l'oreille. Il était impensable qu'il puisse se disputer avec le notaire qui n'avait pas son pareil pour tourner autour des sujets les plus épineux sans prendre parti.

Leur curiosité fut vite satisfaite.

Hubert de Montrose n'avait pas plutôt franchi le seuil de la petite bibliothèque qu'il annonçait à ses amis le motif de sa colère avec la véhémence dont il était coutumier.

— Mon fils est devenu complètement fou !

Chacun accueillit cette nouvelle avec son tempérament mais avec une certaine réserve.

Son goût du sensationnel et de l'anormal fit pousser au colonel un : « Pas possible ! » qui semblait presque le réjouir. Il attendait impatiemment la suite. Le juge d'instruction, lui, tenait à asseoir son jugement et demanda en même temps : « Vous avez donc de ses nouvelles ? » et il attendit de savoir lesquelles.

Le notaire se contentait de mâchonner son cigare.

Quant à Ralph, qui n'était pas assez intime pour donner son avis, il suivait la scène avec intérêt, sentant déjà tout le profit qu'il pourrait en tirer.

— Pour des nouvelles, ce sont des nouvelles, enchaîna Hubert de Montrose. Il est décidé à faire vendre le château aux enchères pour avoir sa part d'héritage, à moins que je ne consente à le faire moi-même.

Trois réponses fusèrent en même temps.

— Pourquoi ? demanda le juge d'instruction.

— Ça cache quelque chose ! soupçonna le colonel.

— Le château est invendable, précisa le notaire pratique.

Chacun ne fit par la suite que développer sa pensée dans le sens de sa première réaction.

Le juge d'instruction cherchait à comprendre et n'y parvenait pas. Vendre le château était illogique et sa conclusion était bien proche de celle d'Hubert de Montrose quand il s'était exclamé : « Mon fils est complètement fou ! »

Le colonel cherchait un mobile extraordinaire et n'arrivait pas à bâtir la moindre fable en prenant pour sujet le gosse médiocre et sans envergure qu'il avait connu. Il pouvait avoir changé depuis.

Le notaire, lui, envisageait simplement le résultat de l'opération.

— Il ne restera plus un sou après cette vente. C'est une opération blanche… qui vous met à la porte de chez vous. C'est bien la famille !

Vieux célibataire convaincu, il ne manquait pas d'apporter de l'eau à son moulin à toute occasion, comme s'il avait tenu à étayer encore à son âge son opinion sur la supériorité de son état.

Hubert de Montrose se souvint subitement de la présence de Ralph qu'il avait totalement oublié.

— Excusez-moi, cher monsieur, mon fils me fera perdre la tête avec ses extravagances. J'ai manqué à tous mes devoirs envers vous, en vous abandonnant si longtemps. Votre soirée va être gâchée par sa faute.

— Bien au contraire. J'avoue que je me suis permis d'écouter votre discussion et j'y ai pris un certain intérêt.

— Auriez-vous un avis personnel à nous donner ? Il ne serait pas de refus, croyez-moi.

Ralph ne demandait pas mieux, d'autant qu'il avait déjà son plan pour tirer profit de cet incident providentiel.

— D'abord, affirma-t-il en souriant, je ne puis croire que votre fils soit fou ! Ce n'était certes qu'une boutade, mais supposer qu'il s'agit sur un coup de tête serait une erreur. II reprend après trois ans de réflexion une idée qu'il vous avait déjà soumise et à la suite de laquelle, d'ailleurs, vous vous êtes brouillés. Cela paraît détruire l'affirmation que j'ai entendue tout à l'heure : à savoir que le château est invendable.

Le notaire se sentit visé dans sa compétence professionnelle et réagit.

— Je le maintiens. Je suis certain de ne pas trouver un seul acquéreur parmi ma clientèle et quelle que soit la mise à prix.

— Je n'en ai pas douté, concéda Ralph. Essayez de vendre et vous ne trouverez personne. Mais lui ! Il a probablement un acquéreur sous la main.

— C'est impossible et je m'y connais. Personne n'acceptera de donner un sou pour cette ruine.

Se tournant vers Hubert de Montrose, il ajouta :

— Je m'excuse, cher ami, de m'être laissé emporter à dire aussi brutalement…

— La vérité, termina son hôte. Vous n'avez donc pas à vous excuser.

Après cet échange de politesses, Ralph poursuivit sa démonstration.

— Votre raisonnement est logique, mais il se heurte à un fait : la volonté certaine et mûrie depuis trois ans de vendre ce château. Il y a donc lieu de supposer que l'acquéreur – l'unique acquéreur, je vous le concède – est trouvé. Nous arrivons alors au : « Pourquoi ? » de M. le juge d'instruction et à l'exclamation de notre colonel : « Ça cache quelque chose ! » C'est cela qu'il nous reste à découvrir.

— Je donne ma langue au chat ! conclut le notaire en mettant un point final à sa participation aux débats.

Il se retira de la discussion, qu'il jugeait pour sa part sans issue. Ses deux autres amis, en revanche, semblaient disposés à essayer de résoudre cette énigme.

— J'ai bien posé la question, reprit le juge d'instruction, mais j'avoue ne pouvoir y répondre, ni vous, colonel… du moins je suppose.

— Hélas ! pas pour l'instant, reconnut celui-ci.

— Notre invité a peut-être une solution à nous proposer, suggéra Hubert de Montrose qui surveillait la scène en arbitre comme s'il avait été étranger au problème.

— Ce n'est pas une solution précisa Ralph, c'est une hypothèse pour le moment, et elle vaut ce qu'elle vaut. Je ne garantis rien, mais son principal mérite est de pouvoir se vérifier rapidement.

— Nous vous écoutons, dit Hubert de Montrose.

— Ce château, pour une raison que nous ignorons tous, possède pour une certaine personne une certaine valeur. Entre autres raisons, il est possible de supposer qu'il renferme... disons un secret... puisque nous ne pouvons préciser davantage. Le tout, s'il existe, serait de tenter d'abord de le découvrir. Une piste nous paraît offerte. Vous avez précisé cet après-midi que votre fils et un de ses amis avaient longuement exploré un souterrain, durant huit jours si j'ai bonne mémoire. Ils ont, toujours d'après vous, dressé des plans et discuté sérieusement à son sujet. Je doute qu'un souterrain puisse intéresser des spéléologues. Il y avait donc une autre raison. Ce qui m'a le plus frappé, c'est le désir de vendre qui semble avoir été la conclusion de leurs recherches. Une petite exploration pourrait nous donner la clé de l'énigme.

— Dans un souterrain, grogna le notaire, vous trouverez des toiles d'araignées. La chasse au trésor ne paie plus !

Pour détruire cette objection dangereuse, Ralph lança au hasard :

— Il y a encore des sources thermales à découvrir dans cette région !

Hubert de Montrose hocha la tête, tandis que le notaire se remit à bouder dans son coin.

— Votre idée me paraît un peu extraordinaire. Elle doit séduire, j'en suis certain, ce cher colonel.

— J'avoue qu'elle m'intéresse, déclara-t-il, et je suis personnellement tout disposé à offrir mon concours.

— On ne doit jamais refuser la vérification d'une hypothèse, pontifia le juge d'instruction, même si a priori on la rejette... ce qui est mon cas.

— Parfait, conclut Hubert de Montrose, demain nous nous transformerons en troglodytes.

Tous furent d'accord, à l'exception du notaire qui avait justement le lendemain un testament important à faire signer et était tout heureux de pouvoir éviter cette corvée.

Le dispositif de la manœuvre revint de droit au colonel qui prit son rôle très au sérieux et en moins de deux établit une liste des outils indispensables : pioches, pics, pelles, cordes, lampes électriques, sans oublier les casques.

— J'aimerais vous poser une dernière question, demanda Ralph à son hôte. Je fais appel à des souvenirs qui doivent être bien flous. Un fait insignifiant a pu à l'époque vous échapper, mais votre fils et son ami n'auraient-ils pas emporté des... pièces provenant de leurs fouilles ?

Hubert de Montrose réfléchit un instant, puis subitement se souvint.

— Si, effectivement, quelques jours avant ils m'avaient demandé une grande caisse pour je ne sais plus quel usage. Ils l'ont placée dans le coffre à bagages au moment de leur départ.

— Merci, c'est tout ce que je voulais savoir. Demain, je crois pouvoir vous affirmer que notre expédition ne sera pas inutile.

16

Le rendez-vous avait été fixé à neuf heures. Dans sa vieille Citroën, qui faisait penser aux taxis de la Marne, le colonel arriva le premier.

Du coffre entrouvert, assujetti à l'aide d'un fil de fer, il déballa tout un matériel rouillé qu'il avait dû récupérer au cours de ses campagnes. De vieux casques bosselés, des rouleaux de corde et tout un assortiment de pelles et de pioches s'amoncelèrent sur le sol. Il ne manquait que les masques à gaz et le casse-croûte pour rappeler les grandes manœuvres.

Sur la banquette arrière, se trouvait une boîte de pansements.

Ralph prenait l'air dans le parc. Il s'était levé de très bonne heure, impatient de vérifier son plan qui lui apparaissait de plus en plus plausible.

Le colonel, très en forme, lui donna une vigoureuse poignée de main.

— Bravo ! Vous êtes exact !

— Vous aussi, mon colonel !

— Moi, c'est une habitude, je n'ai aucun mérite.

Et puis, n'était-il pas le chef responsable ? Avec la fièvre qui précède les grandes batailles, il commenta l'organisation de l'expédition.

— L'entrée du souterrain – enfin l'entrée principale – est à environ quinze mètres du grand chêne que vous apercevez sur votre droite. Un éboulement a ouvert un autre accès à ciel ouvert cinquante mètres plus loin. Nous réunirons notre matériel à égale distance de ces deux points.

— A vos ordres, mon colonel ! ne put s'empêcher de dire Ralph sur le ton d'une cordiale amitié.

— Eh bien, exécution ! répondit le colonel sur le même ton. Inutile d'attendre le juge d'instruction, son asthme lui interdit tout effort. Quant à notre hôte, il a assez de travail à rassembler les planches et les poutres qu'il doit actuellement choisir dans les dépendances.

Le juge d'instruction arriva peu de temps après. Il tenait à ne pas manquer le début du spectacle. Sa tenue de pêche était ce qu'il avait trouvé de plus en rapport pour la circonstance.

Il se contenta de transporter les casques. Il en plaça aussitôt un sur sa tête pour éviter tout effort inutile. Depuis sa mise à la retraite, la santé lui était apparue comme un bien très précieux et il soignait la sienne.

Hubert de Montrose arriva bon dernier. Il félicita les trois hommes de leur activité. Il était là, les deux mains aux poches et le colonel lui en fit la remarque avec courtoisie.

— Je croyais, cher ami, que vous deviez vous charger de trouver des poutres de soutènement dans le cas où ce serait nécessaire.

— C'est juste, reconnut-il, et j'allais y songer. J'ai cru préférable de fouiller auparavant de très vieilles archives et j'ai eu la main heureuse. Je vous apporte un plan du souterrain.

— Un plan ! s'exclama le colonel ravi d'une telle aubaine. Montrez vite !

— Hélas ! s'excusa Hubert de Montrose, il est tout déchiré et son tracé est très difficile à suivre.

Sans vouloir en écouter davantage, le colonel étala le plan sur le capot de sa voiture. Il l'étudia avec précision, situa son orientation et finit par se perdre. Il avait oublié sa boussole !

— Le tracé en est tortueux au possible, ronchonna-t-il. On manquait de méthode à l'époque !

— Peut-être, suggéra Ralph pour avoir le droit de s'approcher, a-t-il été percé dans les couches de terre les plus tendres en évitant d'attaquer le rocher.

— Vous devez avoir raison : ils manquaient d'outillage et la main-d'œuvre ne comptait pas.

Après maintes hésitations, il fut décidé de pénétrer dans le boyau et d'essayer de le suivre sans s'occuper de son orientation.

L'entrée principale les conduisit simplement jusqu'à l'éboulement que le colonel avait signalé.

Premier échec : le moral restait bon !

Il fallut tailler les broussailles, dégager le trou à la pelle et à la pioche, soulever à la main les éboulis de roc avant de pénétrer à nouveau dans le souterrain.

L'air confiné dans cette partie était presque irrespirable. Le juge d'instruction soufflait tandis qu'en tête le colonel ne cessait de donner des recommandations : « Attention à vos têtes... à droite ! » « Marchez sur votre gauche ! »

Les lampes de poche ne projetaient que des ronds de lumière anémique sur les rocs gluants qui glissaient sous leurs pieds.

Ils parvinrent ainsi à un coude à angle droit. Le boyau changeait brusquement de direction. Le colonel fit une halte pour regrouper sa troupe.

Ralph en profita pour promener sa lampe sur les parois rocheuses, luisantes d'humidité, et se félicita d'avoir accepté le casque. De nombreux éperons, dissimulés dans la pénombre, pointaient de-ci de-là dangereusement. Sur sa gauche, au ras du sol, un éboulis s'était produit. Machinalement, il palpa le rocher puis soudain s'accroupit, dégagea quelques pierres détachées de la muraille et à la surprise générale fit craquer une allumette. Elle s'éteignit aussitôt. Avec précaution, il recommença l'opération et promena la flamme devant les pierres enchevêtrées. La flamme se rabattit et s'éteignit encore.

— Que faites-vous ? demanda le colonel étonné de cette initiative.

— Vous avez votre plan ? demanda Ralph sans répondre à la question.

Presque à regret, le colonel le lui tendit. Ralph pointa l'endroit où ils devaient se trouver. Lui aussi, avait apporté son matériel sous la forme d'une puissante loupe qui traînait toujours dans ses poches. Le parchemin, rongé par la moisissure et déchiré, n'offrait qu'un dessin des plus douteux. Patiemment, il l'examina en faisant jouer l'incidence de la lumière.

L'endroit était mal choisi pour une halte et bientôt chacun manifesta poliment des signes d'impatience dus à l'inconfort des lieux.

En sa qualité de chef, le colonel demanda des explications sur cette attitude incompréhensible.

— Enfin, que se passe-t-il ?

Ralph, pour être suivi, devait avoir l'air d'être convaincu et il n'hésita pas à affirmer que cet éboulis de pierres obstruait l'entrée d'un boyau et même d'une salle.

— Je ne vois rien de tel, contra le colonel en suivant le plan.

Ralph se garda bien de lui confier sa loupe.

— Si, affirma-t-il, à la loupe le tracé apparaît faiblement, mais il existe. De plus, un courant d'air se produit à cet endroit et c'est grâce à lui que j'ai pu découvrir cette communication.

Puis, pour éviter toute controverse, il prit la décision de pratiquer un rapide sondage. Sans plus attendre, il commença à attaquer avec son pic le bas de l'éboulis où les roches paraissaient les plus friables. Le colonel lui prêta la main après avoir confié sa lampe au juge d'instruction avec mission d'éclairer le chantier.

Peu à peu, un passage se dessina au ras du sol.

Ralph alluma une nouvelle allumette et cette fois elle s'éteignit d'un seul coup. Il n'y avait plus d'hésitation à avoir. La preuve était faite. Une excavation devait se trouver de l'autre côté.

Leur ardeur s'en trouva accrue et les coups de pioche crépitèrent dans la galerie. Hubert de Montrose s'offrit pour dégager les abords à la pelle.

Le pic, qui commençait à brûler les mains de Ralph, s'enfonça enfin et des débris de roche dégringolèrent de l'autre côté. Par l'étroite lucarne, Ralph aperçut une salle dont les limites se perdaient dans l'obscurité : elle devait être assez vaste. Cette fois, sans s'être concertés, ils travaillèrent avec acharnement pour agrandir l'ouverture. Elle fut très vite jugée assez large pour s'y glisser.

Le colonel fit, malgré son âge, une démonstration de ses anciennes aptitudes. En qualité d'aspirant il devait faire mieux. Quoi qu'il en soit, il disparut bientôt dans la chatière et sa voix sonna étrangement quand il annonça :

— Allez-y ! Au suivant ! J'éclaire le chemin !

Ralph était déjà à plat ventre et malgré le dégoût que lui inspirait cet étroit tunnel boueux et malodorant, il se mit à ramper pour rejoindre le colonel.

Hubert de Montrose et le juge d'instruction attendirent de savoir si leur passage était nécessaire avant de s'y engager.

Ralph découvrit une immense salle creusée dans le roc par l'érosion. À pas prudents, suivi du colonel émerveillé, il commença à en faire le tour. Sa lampe ne lui permettait pas d'avoir une vue d'ensemble, d'autant que les parois se creusaient en maints endroits en larges alvéoles.

Soudain, dans le faisceau de sa lampe, il découvrit ce qu'il cherchait. Des caisses de bois cerclées de fer, bien rangées et recouvertes de bâches imperméables étaient empilées dans l'angle qui paraissait le moins humide.

— Qu'est-ce que c'est que ça ? clama le colonel d'une voix de tonnerre qui fit vibrer la voûte.

— Vous devriez le savoir !

Cette réponse le cloua sur place.

— Approchez donc, lui conseilla Ralph.

— Sapristi, hurla-t-il, des munitions !

— Oui, colonel, ce sont des armes et… des explosifs, précisa Ralph en éclairant l'inscription « dynamite » portée sur l'une des caisses.

Ralph fit un pas pour s'approcher. Le colonel l'arrêta.

— Prudence, cher ami ! La curiosité d'un profane pourrait nous être néfaste à tous deux. Prenez donc ma lampe et je vais ouvrir moi-même une de ces caisses. Je veux m'assurer de ce qu'elles contiennent.

Les ferrures rouillées résistaient et le colonel eut bien du mal à les faire jouer. Avec précaution, il souleva un couvercle.

Bien emmaillotées dans une toile huilée, il retira une mitraillette, puis une seconde. Elles n'avaient pas trop souffert de l'humidité. Le colonel fit jouer la culasse en spécialiste et la verrouilla.

— Je crois qu'il est inutile de poursuivre cette visite, conseilla Ralph. L'expérience est pour moi concluante.

— Vous le saviez ? demanda le coloncl.

— Non… je le supposais simplement et, voyez-vous, cela revient au même.

— J'en demeure stupéfait, avoua le colonel. Qu'en pensez-vous personnellement ?

— Je vous le dirai peut-être tout à l'heure… ou plus tard. Pour l'instant, il serait bon de prévenir notre hôte de cette découverte.

Devant ce dépôt d'armes, quatre hommes montèrent bientôt une garde silencieuse. Chacun essayait de faire le point. Ralph le premier commença à s'agiter. Il mit fin à leurs stériles élucubrations.

— Ne pensez-vous pas que nous pourrions remonter à la surface ? L'endroit est assez inconfortable pour une discussion.

La colonne reprit le chemin du retour.

La boue du caniveau leur parut encore plus écœurante et il fallut tirer le juge d'instruction qui pataugeait lamentablement.

Après un rapide nettoyage, ils se retrouvèrent réunis dans la petite bibliothèque sans avoir échangé le moindre mot.

Seul, Hubert de Montrose, surexcité, arpentait la pièce à grands pas. Il se laissa enfin tomber dans un fauteuil et s'adressa à Ralph :

— C'est vous qui avez eu l'idée de cette expérience, à laquelle nul ne croyait beaucoup. C'est à vous d'en tirer d'abord les conclusions.

— Que puis-je vous dire que vous ne sachiez. À mon point de vue, ce dépôt a certainement été constitué pendant la Résistance et a été abandonné à la Libération. Les armes sont de marque française et leurs numéros donneront leur provenance.

— Que vient faire mon fils dans tout cela ?

— C'est une question délicate ! Votre fils connaissait-il l'existence de ce dépôt ? L'a-t-il redécouvert par hasard, comme nous ce matin ? Le connaît-il même ? Rien ne nous permet d'être affirmatifs. Nous pouvons le supposer simplement.

— Quant à moi, trancha Hubert de Montrose, j'en ai maintenant la certitude. Mais que comptait-il en faire, le misérable ?

Ralph laissa la question sans réponse. Chacun avait trouvé la sienne et ce devait être la même.

— De toute façon, continua Ralph, oubliez pour le moment votre fils et le rôle qu'il a ou n'a pas joué. Prévenez immédiatement la police. Vous aurez découvert ce dépôt d'armes dans votre propriété… par hasard, ce qui est d'ailleurs la stricte vérité.

— Le commissaire Bernard est un de mes amis, avança le juge d'instruction, et je lui expliquerai. Voulez-vous que je m'en occupe ?

— Très volontiers.

Hubert de Montrose se désintéressait totalement de la question. Au-delà du dépôt d'armes, il y avait l'image de son fils qui l'obsédait.

Le notaire, qui n'avait pu résister à la curiosité, arriva peu après. Rapidement mis au courant, il soupesa les conséquences de cette découverte. Il en arriva tout naturellement aux conclusions que Ralph désirait.

— Dans ces conditions, il est possible que votre fils perde son acquéreur et renonce à faire vendre le château. Je crois qu'il serait bon de le mettre au courant sans plus tarder.

— C'est aussi mon avis, renchérit Ralph. Il a dû vous donner son adresse.

— Oui et non !… Je puis cependant correspondre avec lui : poste restante, à Vals-les-Bains.

— Dans l'Ardèche !

Le notaire prit l'exclamation de Ralph pour une inutile précision géographique et n'y prêta pas attention. Il se contenta de confirmer :

— Oui, Vals dans l'Ardèche, bien sûr ! Je vais lui écrire ce soir même.

— Vous a-t-il fixé un délai ?

— Ma réponse doit lui parvenir le 10 juillet, au plus tard. Pourquoi ?

— Nous ne sommes que le 5 juillet… attendez donc encore un peu… rien ne presse.

Qu'un étranger ait l'audace de lui donner des conseils sur la marche à suivre dans une affaire qu'il jugeait maintenant être de son ressort risquait de le transformer en ennemi.

— C'est une faveur, maître, que je me permets de vous demander... avec l'assentiment de mon hôte.

— Je vous l'accorde très volontiers, même si vous refusez de me dire pourquoi. Je vous le dois.

Ralph était très gêné pour donner une explication. Tous les visages étaient tournés vers lui et attendaient sa réponse. Il n'avait le droit de rien dire et il lui fallait justifier ce délai qui lui était nécessaire.

— J'aimerais savoir exactement ce qui s'est passé. Je veux essayer de voir votre fils avant de lui annoncer brutalement cette nouvelle. Supposez qu'il n'y soit pour rien, croyez-vous qu'il ne serait pas préférable d'éviter un nouveau sujet de brouille entre vous deux ?

— Je vous remercie de cette tentative, mais je ne crois pas à son utilité.

— Je vous demanderai donc de n'envoyer cette lettre que le 9 juillet, à moins que d'ici là je vous aie télégraphié.

— D'accord ! accepta le notaire en rechignant.

17

Ralph avait déjà plusieurs fois parcouru les nombreux jardins dont Vals-les-Bains s'enorgueillit et à l'ombre desquels jaillissent les sources et pullulent les hépatiques.

Cette foule alanguie colle de très bonne heure aux bancs publics et aux chaises sous peine de s'en voir frustré par un nouvel occupant qui par sage précaution transporte sous le bras son inconfortable pliant.

Ralph se vit contraint de continuer sa promenade.

Seule l'exposition annuelle du peintre Saussac, originaire d'Antraigues, lui fit oublier un instant son pénible désœuvrement.

Réfugié dans le parc du casino, il écoutait pour la énième fois le trop célèbre *Bambino,* sous l'œil moqueur de Jean Tissier qui à chaque saison égaye les affiches du théâtre.

Carlotta aurait dû être déjà là si elle n'avait pas raté son car à Montélimar. Elle avait bien décidé de faire du stop pour le rejoindre au plus vite, mais ses chances étaient réduites sur ce circuit où les voitures de touristes passent surchargées, soit par la famille au grand complet pour un départ en vacances, soit par d'excellents amis désireux de participer à une agréable partie de pêche dans l'Ardèche.

Cependant, elle arriva alors qu'il commençait à désespérer.

Il la reconnut de loin à sa démarche décidée. Elle se glissa, rapide, entre les tables et bien qu'il n'y parût pas elle déclara être éreintée. Son épuisement fut de courte durée. À peine installée, elle rapprocha son fauteuil de celui de son mari : la curiosité prenait le pas sur sa fatigue.

— Alors, que s'est-il passé ?

— Rien de très sensationnel.

— Et c'est pour me dire ça que tu me fais revenir de Paris ?

— J'avais besoin de toi pendant deux ou trois jours.

— Pas plus ! C'est tout de même dommage. Le coin me plaît : c'est reposant.

— Et l'eau y est excellente, renchérit Ralph... surtout avec beaucoup de pastis.

Carlotta jeta un regard désapprobateur sur le verre vide anormalement accompagné de plusieurs sous-tasses.

— Je vois que tu profites de la cure.

— Que veux-tu ! L'oisiveté, l'attente, les soucis...

— Oui, je vois. Et ton enquête, où en est-elle ?

— Je compte sur toi pour la poursuivre.

— Comme toujours. Et cette fois que faudra-t-il faire ?

— Je vais t'expliquer. C'est très simple. Un certain Guy de Montrose...

— Aghoo-le-Velu ! L'homme des cavernes !

— Oui, pour les intimes. Enfin, Aghoo, si tu préfères, se trouve dans la région et se fait adresser son courrier poste restante, à Vals. De là, il doit nous conduire à l'endroit précis où…

— Il cache ses amours primitives et passionnées !

Ralph ponctua d'un grognement les interruptions intempestives de son épouse. Il tenait à exposer avec précision le plan qu'il avait échafaudé non sans peine durant des heures. Sans conviction, il fit une dernière concession à la fantaisie de Carlotta.

— Je veux bien. L'amour rend idiot, nous ne pourrons qu'en profiter.

Le ton n'était pas assez sincère et Carlotta précisa sa pensée.

— Que voudrais-tu qu'il fît d'autre dans une nature sauvage, pour y retenir une femme jeune et séduisante habituée à une vie mondaine ?

— De l'archéologie préhistorique !

Carlotta ne releva pas la boutade de son mari. Elle était perdue dans un rêve et elle transposait à notre époque le roman de Rosny qu'elle venait de relire.

— Je la vois très bien, vêtue d'un bikini en peau de bête, étendue près d'un feu de bois, ou se baignant toute nue au petit jour sur les roches écumantes de l'Ardèche.

— Charmant tableau ! soupira Ralph. La réalité est très différente : l'Ardèche est très froide et les cavernes sont repoussantes de boue et d'humidité. Et puis, je ne t'ai pas demandé de venir pour bâtir des romans. Alors… enjambe quelques siècles et travaillons.

— Pour toi, l'amour, la poésie ne comptent pas.

Devant le mur d'incompréhension maritale qui profanait son beau rêve, Carlotta à regret sombra dans le présent.

— Je t'écoute. Ton... Guy de Montrose, comment est-il ?

— Hélas ! je ne le connais pas. Je n'ai qu'un très vague signalement, ce qui complique tout. Je sais seulement qu'il porte un collier de barbe, comme tant d'autres, qu'il est bâti en athlète et mesurait il y a trois ans un mètre quatre-vingts. C'est la raison pour laquelle j'ai dû pour le repérer imaginer un plan – compliqué, je l'avoue, mais efficace – et pour le réaliser j'ai besoin de toi. En deux mots...

Le pick-up venait de relever l'orchestre pour permettre aux musiciens de se réveiller. En un tour de disque, la voix de faune d'Aznavour séduisit toutes les femmes et les rendit aussitôt mentalement infidèles.

Carlotta ensorcelée ne réalisa pas tout de suite le brusque silence de son mari. Quand enfin elle s'en rendit compte elle essaya de se racheter par un mensonge de politesse.

— Je n'en ai pas l'air, tu sais, mais je t'écoute !

Ralph, à son tour, ne l'entendit pas. C'était un comble ! Intriguée, Carlotta abandonna définitivement Aznavour et chercha à découvrir en direction de l'orchestre la créature qui, sans nul doute, venait de lui ravir son mari.

Seuls, deux hommes venaient d'arriver et s'installaient près de l'estrade.

Sans détourner son regard, Ralph articula à voix basse :

— Aghoo est là, devant nous !

Carlotta supposa qu'il s'agissait d'une excuse bien maladroite.

— Comment peux-tu le savoir : tu ne le connais pas !

— Mais je connais l'homme qui est avec lui. C'est Mario, dont Rita m'avait confié la photo. Il ne peut y avoir d'erreur.

Ralph ne bougeait toujours pas, les yeux rivés sur les deux hommes. Comme l'animal guette sa proie, immobile, il surveillait leurs moindres gestes.

— Où sont-ils ? demanda enfin Carlotta à moitié convaincue.

— Au premier rang, la troisième table à droite.

Elle ouvrit de grands yeux amusés.

— Si je m'étais doutée de ça, tout à l'heure !

Ralph se retourna vivement. Un déclic venait de s'opérer en son cerveau.

— Que veux-tu dire ?

— Il garait sa voiture tandis que je passais et…

— Et… ensuite ?

— Il m'a fait de flatteuses propositions.

— C'est un dégoûtant personnage et je le tiens.

— Je ne trouve pas. Il a été très correct. Et puis, il a du goût… lui !

— Il va savoir ce qu'il en coûte !

— Bien sûr… Tous les hommes qui m'apprécient et que je trouve séduisants, tu ne peux pas les voir.

— Erreur profonde ! Je vais te donner l'occasion de faire plus ample connaissance.

— Je me méfie, plaisanta Carlotta.

Ralph était déjà debout et n'écoutait plus.

— Séparons-nous, ordonna-t-il. Ils ne doivent pas nous voir ensemble. Je t'attendrai sur l'avenue.

Carlotta rassembla en toute hâte le poudrier, les cigarettes, les lunettes éparses sur la table, récupéra ses souliers égarés sous le fauteuil et partit précipitamment sur les traces de Ralph qui avait déjà disparu.

Impatient, il faisait les cent pas sur le trottoir.

— Où est leur voiture ? demanda-t-il aussitôt.

— C'est ce vieux tacot qui est rangé devant toi.

Carlotta fit une moue dédaigneuse en désignant une vieille 203 toute cabossée.

Ralph, sans plus attendre, entraîna Carlotta. Tandis qu'il remontait l'avenue d'un pas rapide, il lui expliqua ce qu'il attendait d'elle. Lui ne pouvait à aucun prix se faire repérer. Elle seule pouvait agir. Ils gagnèrent la Dauphine que Ralph avait louée en arrivant à Vals et, sous l'œil consterné de Carlotta, brisa d'un coup de clé anglaise le mignon petit réservoir en verre qui alimente les freins en huile.

— Voilà, dit-il satisfait en abaissant le capot. Tout est prêt… Souviens-toi simplement que tu n'as plus de freins et que tu as tout de même deux cents mètres à parcourir… sans accident. Reste en seconde, va doucement et, en cas de nécessité, tu as le frein à main… s'il marche.

Carlotta, les mains aux hanches, moulée dans son pantalon de toile bleue, surexcitée par l'aventure, ne put tolérer plus longtemps de recevoir d'aussi élémentaires conseils.

— Tu es magnifique ! s'exclama-t-elle. Si je me casse la figure, ce sera encore ma faute ! J'ai une tête, moi aussi, tu l'oublies trop souvent et moi, je sais m'en servir.

— Je le sais, puisque je l'adore.

— Je parle de ce qu'il y a dedans.

— Nous en reparlerons à ton retour.

Carlotta sourit avec malice, se glissa sous le volant et par la glace baissée lança une dernière rosserie :

— Ne t'inquiète pas trop, mon chéri !... Je ne rentrerai peut-être que demain matin !... Je ferai mon possible pour être là ce soir, mais le travail avant tout... d'autant qu'il ne me déplaît pas, ton Aghoo !

La voiture démarra et Ralph inquiet ne put que murmurer un : « Plus doucement ! » qu'elle ne pouvait entendre.

Debout au centre des voitures du parc, il la suivit du regard. Il épiait avec inquiétude les voitures qui sans méfiance circulaient sur la route et c'est avec un soupir de soulagement qu'il vit la Dauphine frôler le trottoir à quelques mètres de la 203.

Il serra les poings, émit encore une inutile recommandation : « Trop vite, idiote ! »

Puis ce fut le choc, le bruit de glaces brisées.

Il ne retrouva sa respiration qu'en apercevant de loin Carlotta qui, très décontractée, descendait de voiture pour constater les dégâts.

18

Au centre d'un groupe de badauds déçus par la banalité de l'accident, Carlotta paraissait si consternée qu'il eût semblé tout naturel de voir Guy de Montrose s'excuser. Il se contenta de la rassurer.

— Ne vous inquiétez donc pas ! Le pare-chocs est à peine tordu. Quant à l'aile, elle n'en est pas à son premier accrochage. En revanche, votre Dauphine en a pris une secousse. Elle est pour ce soir inutilisable. D'ailleurs, sans freins et sans pare-brise, il vous serait difficile d'aller bien loin.

— Ce n'est rien... je suis vraiment confuse.

Aghoo foudroya du regard le cercle indiscret qui les entourait.

— Venez, dit-il, ces gens sont stupides et vous troublent. Vous accepterez bien quelque chose, cela vous remettra et nous pourrons discuter plus librement.

— Vous croyez que je puis accepter ?

Ralph aurait trouvé qu'elle forçait un peu son jeu, mais l'excès de gaucherie ou de naïveté est un piège que les hommes détectent rarement... Et puis : ils aiment ça, sans l'avouer.

Aghoo la conduisit dans le parc du casino, après avoir fendu la foule amorphe qui attendait... sans savoir quoi.

Il choisit une table un peu à l'écart. Le garçon de café – comme il se doit, était aveugle et sourd. Mais son regard complice en les accueillant crispa Carlotta. Elle détourna son regard. Qu'importe après tout ce qu'il pouvait penser.

Pourquoi Aghoo n'avait-il pas rejoint son ami Mario ? L'intimité était un atout de plus pour elle et Carlotta ne chercha pas à approfondir.

La conversation flotta d'abord sur des banalités. Aghoo devint bientôt plus précis.

— Vous étiez déjà venue à Vals ?

— J'arrive à l'instant.

— Je vous avais remarquée !

— Vous m'aviez même obligée à en faire de même !

— Vous comptez rester longtemps ici ?

— Non... mon intention n'était pas de m'arrêter. Je pensais pouvoir continuer ma route... Je n'étais pas très loin du but de mon voyage... Maintenant, j'ai l'impression que ce soir je resterai ici !

— Je puis peut-être vous accompagner, si vous n'allez pas très loin, proposa galamment Aghoo.

— Avouez que ce serait un comble !... À moins que ce soit sur votre chemin... Où allez-vous, si je ne suis pas indiscrète ?

Carlotta avait mis tout son charme, toute sa naïveté dans cette question si naturelle et si anodine. Elle regretta d'être allée aussi vite. Elle n'était pas encore sûre d'Aghoo et son hésitation à répondre n'était pas bon signe. Mais devant la pureté du regard que Carlotta avait fignolé à son intention, il se laissa aller, tout en demeurant assez vague. L'essentiel, c'est qu'il eût mordu.

— En direction de... Vallon-Pont-d'Arc... je ne sais si cela vous dira quelque chose.

— Vallon-Pont-d'Arc ! s'exclama Carlotta. C'est là que je voulais me rendre... Vous parlez d'une coïncidence !

— Le hasard est la Providence des amoureux !

— Doucement ! lui conseilla Carlotta, qui tenait à tempérer ses ardeurs. Vous connaissez le coin, bien entendu... Il paraît que c'est ravissant. Le cañon de l'Ardèche ! Le Pont-d'Arc ! Les grottes, les avens, les menhirs !

Carlotta avait bûché durant son voyage le guide touristique de la région, sur les conseils de son mari. Stupéfait de son érudition, Aghoo ne put que renchérir.

— C'est, en effet, un lieu surprenant et magnifique et encore assez peu connu. Et sous le Causse aride et désertique en bien des endroits, se cachent les véritables merveilles de cette nature. Les rivières souterraines ont sculpté son sous-sol et laissé des trésors pour la plupart à découvrir.

— J'adore ça !

— Oui, mais attention ! Soyez prudente ! C'est un sport très dangereux et je ne vous conseille pas de le pratiquer seule. Le sous-sol s'est défendu durant de longs siècles et ce n'est qu'au début du vingtième et surtout ces dernières années qu'avec beaucoup de risques nous sommes parvenus à violer ses secrets.

— Nous ! releva Carlotta.

Aghoo s'était laissé entraîner par ce sujet qui devait le passionner. La spéléologie n'était donc pas une simple couverture. Il aimait réellement ce sport et son imprudence en était une preuve qui témoignait en sa faveur. Carlotta, à regret, exploita ce point faible.

— Seriez-vous, par hasard... comment dit-on pour désigner ceux qui explorent les grottes, les cavernes...

— Spéléologue !

— C'est ça !... Vous êtes donc spéléologue ?

— Disons un amateur ! Cependant, je suis capable de vous servir de guide, si vous y tenez. Je vous éviterais de prendre trop de risques. Ce serait dommage !

Cette fois, ce n'était plus la spéléologie qui le rendait vulnérable, mais un sport plus répandu qui se joue à deux et qui n'a pour toute règle que le hasard et le plaisir. Pauvre Aghoo ! Être passionné, perdu dans un monde réaliste ! Grand gosse égaré dans une aventure d'où le rêve aurait dû être banni !

Carlotta admira avec pitié ses grands yeux qui effleuraient la vie trop quotidienne pour se perdre bien plus loin dans un songe sans limite. Comment avait-il bien pu se laisser entraîner dans une sordide affaire de trafic d'armes ? Réalisait-il seulement la portée de son geste ? Supposait-il qu'il pouvait être traqué ? Et si Ralph s'était lancé sur une fausse piste ? Cette pensée tentait de s'imposer. Elle imagina encore Aghoo cachant ses amours avec Yvette dans ce paradis sauvage. Elle eut tant voulu qu'il en fût ainsi.

Aghoo mit sur le compte d'un trouble amoureux la rêverie prolongée de Carlotta. D'une voix chaude et enveloppante, sur le ton intime des premières confidences, il murmura en se penchant vers elle :

— Ne réfléchissez pas trop ! Acceptez toujours !

— Peut-être ! proposa Carlotta.

Il était grand temps de rompre le charme. Cet athlète amoureux était à sa merci. Jouer trop longtemps avec lui pouvait présenter quelques dangers. L'homme, heureusement, est un grand naïf et Aghoo considéra sa réponse ambiguë comme une acceptation sans réserve.

— Bon, dit-il, vous devez être fatiguée. Je vais vous conduire à Vallon-Pont-d'Arc. Quand voudrez-vous que je vienne vous chercher ?

— Vous me prenez au dépourvu, hésita Carlotta. Attendez que je m'installe... Demain, il faudra que je m'occupe de ma voiture... vous ne croyez pas ? Alors, le mieux, serait que je vienne vous voir... mettons le plus tôt possible... Où puis-je vous rencontrer ?

Carlotta ne fut pas étonnée de ne pas recevoir une réponse immédiate. Depuis deux mois, il n'avait donné son adresse à personne. Allait-il rompre pour elle cette sévère consigne ? Il ne fallait surtout pas lui laisser le temps d'y penser. L'homme qui réfléchit est le pire ennemi de la femme.

— Excusez-moi, reprit-elle très vite, ma question est sans doute indiscrète. Je ne voudrais en aucune façon jeter le trouble dans votre vie... sentimentale.

— Ne croyez pas cela... Vous n'y êtes pas du tout ! Il m'est très difficile de vous expliquer.

Et il paraissait sincère et très gêné de ne pouvoir le faire. Il sentait que Carlotta — comme toute femme devant un semblant de mystère — allait inventer toute une série d'hypothèses fantaisistes. Carlotta d'ailleurs s'ingénia à confirmer cette opinion.

— Je vous comprends bien. Supposons que vous ayez une famille ! insinua-t-elle.

— Non ! Ce n'est pas le cas... Je suis libre !

— Ce n'était qu'une supposition. Imaginez...

Et elle semblait chercher, comme s'il lui avait posé une charade. Qu'allait-elle encore inventer ! Aghoo pensait que sa réticence avait été stupide. Il n'avait réussi qu'à exciter inutilement son imagination. C'était plus dangereux encore que de dire la vérité à une inconnue. Quoi de plus naturel qu'un rendez-vous ? Il lui fallait détruire cette impression de secret et au risque de se diminuer à ses yeux il tenta de justifier son attitude par un mensonge.

— C'est idiot, lui confia-t-il, je n'osais pas vous avouer que pour gagner mes vacances j'avais accepté de faire un métier un peu ridicule. Je suis guide à l'Aven Marzal. Voilà !

Il était tout heureux de s'être libéré et Carlotta tenait son renseignement.

Guide à l'Aven Marzal : c'était si simple !

Pour avoir ce renseignement, Ralph avait failli laisser sa vie et Rita en était morte. Il suffisait de le lui demander et il semblait heureux de l'avoir dit.

Carlotta avait hâte de partir. Son rôle ne lui plaisait pas du tout. Aghoo méritait-il d'être traité de la sorte ?... Sans doute !... Mais était-ce une raison pour user contre lui de méthodes si déloyales !

Sa conclusion logique fut d'en rejeter la faute sur Ralph et le sujet d'une future querelle conjugale était tout trouvé et prometteur.

— Vous êtes déçue ? demanda Aghoo inquiet.

— Non. Pourquoi ?

— Alors, je puis espérer vous revoir ?

— Bien sûr... en touriste !

Restriction, de pure forme pour Aghoo qui, sans y attacher d'importance, esquissa un sourire un peu trop triomphant.

Carlotta repensa soudain à Yvette. Une jeune silhouette dansa devant ses yeux. Sans la connaître, elle l'imaginait sous les traits de Brigitte Bardot. Qu'était-elle devenue ?

Aghoo ne s'en souciait plus. Il est vrai que lui devait savoir. Il songeait même à la tromper... et c'était l'hypothèse la plus favorable. Peut-être l'avait-il entraînée dans un guet-apens en simulant une folle passion. À cette dernière pensée, Carlotta se révolta. Et puis, assez de sentimentalité, comme dirait Ralph.

Cette promenade d'amoureux jusqu'à Vallon-Pont-d'Arc était inutile. Les femmes changent vite d'avis ! Pourquoi ne profiterait-elle pas de ce jugement masculin ?

— J'ai envie de rester à Vals jusqu'à demain, dit-elle brusquement. Rien ne m'oblige à rejoindre Vallon dès ce soir. Je préfère m'occuper sur place de la voiture et continuer ensuite ma route.

Aghoo ne fut pas surpris de cette nouvelle décision et, habitué aux humeurs changeantes des femmes, il savait par expérience qu'il est plus profitable de ne pas contrarier leur fantaisie. Bien au contraire, il l'approuva :

— L'idée est excellente, bien qu'elle me prive du plaisir de vous accompagner.

— N'ayez pas trop de regrets. Vous ignorez tout de moi. Attendez donc de mieux me connaître.

— Si l'on devait attendre de connaître pour aimer, on n'aimerait peut-être jamais !

Carlotta n'apprécia pas cette pensée lourde de sous-entendus peu favorables. L'assurance d'Aghoo dans son rôle de séducteur le rendait antipathique.

— Vous aimez trop le risque. Méfiez-vous, c'est dangereux, lui conseilla-t-elle en se levant.

19

D'un pas nerveux, Carlotta remonta l'avenue. Cette entrevue l'avait épuisée. Il lui tardait de terminer sa mission et surtout de pouvoir penser à tout autre chose. Elle s'engouffra dans le premier bazar qui offrait aux touristes cartes postales et souvenirs en tous genres et à tout prix.

Hésitante dans son choix, elle s'intéressait surtout aux voitures qui défilaient derrière la glace de la vitrine où les bibelots les plus variés suspendus en vrac formaient un excellent écran.

Aimable, le vendeur s'approcha prêt à la guider. Elle le remercia d'un sourire têtu.

— Inutile de vous déranger. Je ne sais pas moi-même ce qu'il me faut. J'y réfléchis tout en cherchant.

Vieil Ardéchois blasé sur les caprices des estivants qui désirent une bonbonnière en bois sculpté et achètent en définitive une vue panoramique en couleurs, il se dirigea sans insister vers une autre cliente qui l'accaparait depuis près d'une heure.

— Prenez votre temps ! Les prix sont en principe sur les étiquettes.

La 203 d'Aghoo passa au même instant. La conduite brutale de son propriétaire donnait le ton de la discussion animée soutenue avec Mario qui gesticulait à ses côtés. Ce vieux renard avait flairé le danger et sans doute Aghoo ne lui avait-il pas tout dit. Il devait maintenant mesurer toutes les conséquences de cette idylle à peine ébauchée, tout en se refusant à croire aux sombres déductions de son aîné.

Carlotta saisit au hasard la brochure du Syndicat d'Initiatives de Vals et sortit précipitamment du magasin sous le regard déçu du commerçant qui fit sauter avec dédain les deux misérables pièces de cent francs qu'elle venait de lui remettre.

Ralph l'attendait sur le trottoir opposé.

— Félicitations ! dit-il, en l'entraînant dans la foule nonchalante des promeneurs. Où se terre notre homme des cavernes ?

— Il est guide à l'Aven Marzal !

— Pas pour longtemps !

Carlotta marqua un temps d'arrêt. Les déductions rapides et inattendues de son mari après chacune de ses enquêtes la suffoquaient. Elle ne pouvait supporter de le voir devancer ses pensées avant même d'avoir été mis au courant de tous les détails.

— Pas pour longtemps ! reprit-elle. Qu'en sais-tu ?

— Après votre séquence d'amoureux, j'ai continué à surveiller la scène. Son retour auprès de Mario a failli mal tourner. Ses explications n'ont pas dû satisfaire son protecteur et il est monté dans la voiture à son corps défendant... sous la menace d'un revolver que Mario triturait dans la poche de son élégant veston de tweed.

— Tu crois qu'il serait capable de le tuer ?

— Ce serait maladroit et il doit jouir d'un délai de grâce. Le juillet pourrait lui être fatal : Mario, de toute évidence, devait être l'acquéreur prévu du château de Montrose.

De plus en plus ahurie, Carlotta ralentit son allure.

— C'est vrai, tu n'es pas au courant. Je t'expliquerai plus tard. Dépêchons-nous, lui conseilla Ralph. Nous allons rentrer à l'hôtel sans perdre un instant. Les événements vont se précipiter et nous ne sommes pas prêts.

Vexée de ne pouvoir comprendre, Carlotta le suivit en silence. À quoi bon discuter, Ralph ne l'aurait pas écoutée.

Le visage crispé, les nerfs à fleur de peau, il vivait déjà la suite de l'aventure et il lui fallait la diriger pour être en mesure de conclure à son avantage.

Il décrocha en passant la clé de sa chambre qu'il avait laissée au tableau. Carlotta esquissa un « bonjour » vide de sens à l'adresse de la patronne de l'hôtel et monta l'escalier derrière lui.

La porte ouverte d'un geste sec, Ralph eut un brusque recul et s'immobilisa.

Un solide gaillard, installé dans le classique fauteuil d'osier des chambres meublées, les pieds posés sur la cretonne du guéridon, avait pris possession des lieux.

Son attitude était plus surprenante que menaçante.

Il attendait, un verre posé sur le plancher à portée de sa main, une cigarette aux lèvres. Ses yeux bleus noyés dans le hâle de sa peau brillaient de malice.

D'un geste nonchalant, il leur fit signe d'entrer et devant l'hésitation prudente de Ralph il l'invita à refermer la porte. Lentement, comme si chacun de ses gestes lui coûtait un effort, il abandonna à regret sa confortable position et déplia son corps musclé avec la puissante souplesse d'un félin.

La main franchement tendue vers Ralph, il fixa Carlotta pour articuler d'une voix rauque :

— Madame, je m'excuse de mon sans-gêne ! C'est ma façon d'exprimer ma confiance et mon amitié.

— Ah ! bon ! fit-elle d'un air pincé. Le tout est d'être prévenu. Croyez que dans ces conditions nous en sommes touchés !

Ralph conserva dans la sienne la solide main de cet étrange visiteur et attendit que son regard perçant croise le sien :

— Vous êtes, à n'en pas douter, « l'ami qui me veut du bien ».

— C'est bien moi ! s'exclama celui-ci en découvrant deux rangées de dents éclatantes. J'espère que vous n'êtes pas trop rancunier ?

— Nous en reparlerons plus tard.

— C'est aussi mon avis, dit-il en changeant de ton. Si j'ai pris l'initiative de vous contacter, c'est que le temps presse. Je vous attends depuis trois jours. Il faut agir sans délai.

Ils s'installèrent autour du guéridon. La bouteille de pastis glouglouta au-dessus des verres sous le regard navré de Carlotta.

— Où en êtes-vous ? demanda aussitôt Cabetchio. Je suis au courant par le patron de votre activité à Paris. Depuis, la D.S.T. a perdu votre trace. Nous nous doutions que vous ne vous rendiez pas à Marseille. Où étiez-vous passé ?

— En week-end dans l'Ariège ! Au château de Montrose, pour ne rien vous cacher.

— Le vieil hobereau ne sait rien.

Et Cabetchio ponctua sa pensée d'un geste las. Cette nouvelle le décevait.

— C'est exact, il ne savait rien, approuva Ralph.

Puis il ajouta négligemment :

— Il ignorait même – comme vous et moi – qu'un dépôt d'armes était camouflé dans un vieux souterrain abandonné dans le parc du château.

— Comment ? rugit Cabetchio en broyant sous son poing fermé le bras de son fauteuil.

— Plus rien à craindre de ce côté, continua Ralph avec calme. Le dépôt a été aussitôt placé sous la garde de la police locale. Nos amis comptaient y mettre la main dessus en achetant le château.

— Pour y transférer leur repaire, ajouta Cabetchio. Ce sont des rapides et je commence à comprendre. Ici le coin est devenu malsain depuis votre intervention. Je pressentais une manœuvre de ce genre et je suis heureux que vous me la confirmiez. Croyez-vous qu'ils soient déjà informés de cette découverte ?

— J'en doute… d'après mes instructions, ils ne le seront que le juillet.

— Encore trois jours !

Cabetchio s'intéressa alors aux moindres péripéties de cette découverte qui pour le public ne serait qu'un simple fait divers. Avec une attention et une patience dont il ne paraissait pas capable, il écouta Ralph jusqu'au bout sans l'interrompre.

— Bravo ! Voilà du bon travail, Ralph. Rapide, efficace et sans casse inutile. Il ne pourra en être de même cette fois.

— Ne soyez donc pas pessimiste !

— La question n'est pas là, trancha Cabetchio dont l'expression s'était durcie. Malgré les difficultés, ils vont essayer de sauver leur matériel au plus vite et je dois les en empêcher. D'ici trois jours, tout doit avoir sauté et la bande avec : nettoyage complet !

— Et Yvette Starensky ?

Carlotta avait réagi spontanément.

Cabetchio la regarda étonné : il avait oublié sa présence. Elle profita de sa surprise pour préciser :

— Elle est peut-être encore leur prisonnière.

— Eh bien ! répondit Cabetchio sans hésiter, elle deviendra leur victime… à supposer que cette folle vive encore parmi eux..

— Ce serait un crime ! réagit Carlotta, outrée par tant de désinvolture.

— C'est bien possible, mais je ne poserai pas la question, ni avant, ni après.

Sa décision était irrévocable. En discuter eût été perdre son temps. Ralph préféra avoir des précisions sur les projets de Cabetchio.

— Êtes-vous prêt à intervenir ?

— Non, grogna Cabetchio que l'interruption de Carlotta avait mis de mauvaise humeur. Sinon je ne vous aurais pas attendu.

— Dans ces conditions, je tâcherai de vous devancer. Mon but est de retrouver Mlle Starensky… vivante si possible.

— Vous êtes fous tous les deux !

Cabetchio était hors de lui et regrettait d'avoir cru à une collaboration possible.

— Retrouver Yvette vivante !… Vous n'avez donc aucune idée sur cette entreprise… Figurez-vous qu'ils ne vivent pas dans un palace... Il n'y a pas une seule chance de les dénicher à plus de cent pieds sous terre. Tout ce qu'il est possible de faire, c'est de trouver l'entrée de leur tanière... Quelques cartouches de dynamite suffiront ensuite !

— Peut-on savoir où se trouve cette entrée ? demanda Ralph avec calme.

— Tout est là ! explosa Cabetchio. Mon vieux, pour ne rien vous cacher, elle est dissimulée dans le lit de l'Ardèche. J'ai pu délimiter l'endroit à cinq cents mètres près. Il doit y avoir un siphon quelque part sous la roche. J'en ai déjà exploré plusieurs sans succès. De crainte de me faire repérer, j'opère de nuit depuis mon arrivée et ce n'est guère pratique. Maintenant je veux plonger en plein jour, car il faut en finir. Je compte sur vous pour me couvrir.

Devant le silence de Ralph, Cabetchio précisa :

— Ce sont les ordres du patron et nul ne les discute. Nous formons équipe. Je prendrai toutes les responsabilités : je ne vous demanderai que de me protéger.

La pensée de Ralph était bien au-delà de cette périlleuse mission. Devant l'insistance de Cabetchio, il le rassura comme s'il s'agissait d'une chose sans importance.

— D'accord. Ne vous inquiétez pas, vous pouvez me faire confiance. Je m'efforcerai d'adopter vos méthodes, si c'est nécessaire.

Un bon rire d'enfant terrible éclaira le visage de Cabetchio tandis que Ralph poursuivait :

— Cependant, si je vous indiquais l'emplacement exact du siphon, vous engageriez-vous à me laisser tenter ma chance pour sauver Mlle Starensky ?

Cabetchio se renfrogna. L'obstination de Ralph l'agaçait. Il n'avait pas l'habitude de discuter, mais d'agir au gré de son inspiration. En mission, il tenait généralement à être seul pour ne pas avoir à confronter ses idées avec celles d'un autre. Discuter à ses yeux c'était s'affaiblir. Mieux valait se tromper que de diminuer son potentiel en imaginant par avance la possibilité d'un échec.

— Vous êtes têtu comme un Basque ! Et puis, à votre aise... Si vous me donnez ce renseignement avant que je l'aie découvert, je vous accorderai vingt-quatre heures... Passé ce délai, vous sauterez avec eux... Ne vous faites surtout aucune illusion, je n'hésiterai pas un quart de seconde... C'est vous qui aurez choisi votre suicide. Dommage, tout de même, pour une cinglée qui s'est volontairement enterrée vivante avec son flirt.

— Tout un côté de l'affaire vous échappe, continua Ralph, j'ai la certitude qu'elle est retenue de force. Ce terrain lui appartient et...

— Si elle avait accepté de signer le contrat qu'ils avaient préparé, enchaîna rapidement Carlotta, la Société Star et Cie aurait bâti à cet endroit un établissement pour cures spéciales d'amaigrissement.

Les deux hommes se retournèrent vers Carlotta qui les regardait derrière le pli ironique de ses paupières dont les longs cils battaient de joie.

— Moi aussi, j'ai fait ma petite enquête. Nul ne s'était encore soucié de son résultat. De cette façon, ils auraient pu livrer tranquillement par la route les armes de leur entrepôt.

— Es-tu bien sûre qu'Yvette Starensky n'a pas signé ? demanda Ralph.

— Le notaire attend toujours, sans se douter le moins du monde des dessous de cet acte.

— D'ici trois jours, ce sera trop tard. Ils la liquideront comme la mère qui, elle aussi, a dû refuser. Nous devons à tout prix la tirer de là !

— Vous ! précisa Cabetchio qui jusque-là était resté muet. Quant à moi, cette femelle et ses complications sentimentales ne m'intéressent toujours pas.

Carlotta s'indigna :

— Alors, c'est du vent qui bombe votre torse… que de place perdue.

Cabetchio se maîtrisa avec peine. Les muscles de son visage se mirent à bouger sous l'effort.

— Une fois pour toutes, mettons-nous bien d'accord. Chaque caisse d'armes ou de munitions qui file sur l'Ardèche en direction du Rhône condamne aveuglément des centaines d'innocents. De l'autre côté de la balance il y a… mettons un ange pour vous faire plaisir.

— Je ne suis pas assez sotte pour penser cela ! coupa Carlotta vexée.

Cabetchio haussa le ton.

— Eh bien ! ange ou démon, je m'en fous ! Je ne joue pas perdant à un contre mille ! La peau fatiguée de pauvres bougres vaut beaucoup plus que le satin velouté de cette idiote. Et surtout, ne confondez plus la D.S.T. avec l'Armée du Salut.

20

Le lendemain, le causse rocailleux de Bidon voyait s'installer des campeurs dont les tentes, accrochées entre les taillis de buis et de genêts épineux, vibraient sous le mistral, sur la haute crête de la falaise calcaire que l'Ardèche découpe inlassablement de son cours tumultueux.

« Caprice d'original », devaient penser les rares touristes égarés dans ce coin aride et sauvage, qui préfèrent choisir pour planter leur camp les rives caillouteuses bordées de chênes verts ou d'interminables forêts de pins et de frênes, mêlés sur les pentes en cascade d'un éboulis géant.

L'installation avait été menée rondement sous la conduite de Cabetchio. Habitué à se débrouiller tout seul, il eût fait un parfait campeur s'il n'avait un peu trop méprisé le moindre confort qu'il jugeait inutile. Devant les récriminations de Carlotta, il consentit à lui accorder quelques commodités supplémentaires

— Voilà, dit-il en terminant, ce qu'il appelait « le bloc-cuisine ». Il ne manque plus que la salle de bains.

— Si vous voulez avoir tout à l'heure un semblant de repas, c'était indispensable !

— Espérons que vous saurez vous débrouiller sans four électrique et thermostat.

— Vous qui êtes si malin, faites donc rafraîchir la boisson sur ces cailloux surchauffés.

— Bon ou mauvais, je vous préviens que si le repas n'est pas servi à sept heures exactement, je fais la grève de la faim. Je dois prendre un bain cette nuit dans l'Ardèche et même en cette saison l'eau n'est pas particulièrement chaude. J'en sais quelque chose !

L'arrivée de Ralph mit fin à la querelle qui ne manquait pas de se rallumer depuis le matin dès que Carlotta et Cabetchio se retrouvaient face à face. Incompatibilité d'humeur caractérisée qui tournait à la critique systématique.

Les deux hommes partirent explorer les alentours. Cabetchio déjà connaissait bien le coin. Il tenait à préciser à Ralph la topographie des environs. Rien ne devait être laissé au hasard.

Bordé au sud par l'Ardèche, le causse de Bidon fait suite à celui de Saint-Rémèze. Les tentes avaient été dressées sur la falaise qui domine le fleuve en aval des ruines de la Madeleine. À l'est, passait le chemin carrossable qui serpente au travers des rochers et aboutit aux célèbres grottes de Saint-Marcel.

Tout en discutant, ils erraient tantôt parmi les taillis broussailleux dont les épines sèches griffaient leurs pieds, tantôt le long de la falaise abrupte d'où montait le grondement sourd de la rivière.

Tout en parlant, Cabetchio se baissa, choisit un éclat de roche et s'amusa à le faire sauter dans sa main. Peu après il s'arrêta, fit signe à Ralph de se taire. Un instant immobile, il se détendit soudain et le caillou partit en sifflant dans un massif de genêts.

— Nous aurons demain un civet ! s'écria-t-il, joyeux comme un enfant.

Il courut en sautant de nombreux obstacles dans la direction où le projectile s'était perdu, suivi de Ralph incrédule qui n'avait pas jugé nécessaire de s'élancer à sa suite. Cependant Cabetchio surgit bientôt d'un fourré, portant à bout de bras comme un trophée un énorme lapin qui gigotait encore.

— Une belle bête ! constata Ralph avec admiration.

— C'est bien ce qui l'a perdue... trop grosse pour être rapide !

— Tout de même, avec moi elle aurait pu encore vivre longtemps.

Manque d'entraînement ! Un caillou est une arme facile à trouver, il faut savoir s'en servir. Nos ancêtres devaient aimer le lapin, je suppose. Ils n'étaient pas plus malins que nous et utilisaient les pierres pour la chasse.

Sept heures sonnaient au clocher de Saint-Rémèze. Les deux hommes retournèrent au camp. Peu à peu, le paysage chaotique leur devenait familier. Sur le chemin du retour, ils retrouvaient des points de repère : un grand rocher en forme d'œuf, un dolmen cassé en deux, un tronc d'arbre noueux.

Carlotta les attendait.

— Vous êtes en retard ! cria-t-elle d'aussi loin qu'elle put.

Cette remarque s'adressait à Cabetchio pour lui signaler qu'elle était en avance sur l'horaire qu'il lui avait fixé. Il s'avança, le lapin posé sur ses deux mains tendues.

— Je dépose à vos pieds le produit de ma chasse !

— Encore un crime ! riposta-t-elle devant l'air moqueur de Cabetchio qui loin de se démonter poursuivit :

— Ce soir, je vous apporterai des truites.

— Vous les prendrez à la grenade, évidemment !

— Non, chère amie, je les caresse délicatement avec amour sous les roches et puis, toujours avec amour, je les étouffe en douceur dans mon poing fermé.

— Vous n'êtes qu'un sadique et un assassin.

— Seriez-vous végétarienne ?

Ralph s'interposa.

— Vous n'allez pas recommencer. C'est amusant cinq minutes, puis cela devient crispant. Nous avons besoin de ménager nos nerfs.

— Votre mari a raison. Signons un pacte de non-agression, proposa Cabetchio.

— Serez-vous capable de le respecter ? appuya Carlotta avec méfiance.

— C'est possible... Après un bon repas, je suis prêt à toutes les concessions... Le résultat est donc entre vos mains.

— De toute façon j'aurai tort, il fallait s'en douter. Passez à table ! Tout est déjà saupoudré de sable avec ce maudit mistral.

Le vent s'était levé et à l'abri d'un auvent qui claquait en tirant sur ses amarres tendues, le repas s'acheva dans le calme reposant de l'immense plateau désert.

Le café servi, Carlotta déposa avec ostentation une bouteille de cognac auprès de Cabetchio et s'assit sur une roche plate.

Elle pouvait enfin goûter le charme doux et enivrant de cette fin de journée durant laquelle, sous un soleil torride, elle n'avait pas eu un instant de repos.

— On réinventerait le paradis terrestre, si l'on vivait ici, murmura Carlotta.

— Et ce ne sont pourtant que les ruines d'un enfer, répondit Cabetchio en écho.

Carlotta désirait se laisser aller à la rêverie dans ce cadre enchanteur et Cabetchio encore se mettait en travers. Excédée, elle se redressa, saisit une cigarette et tenta en vain de l'allumer à son briquet.

— Au ras du sol, il y a moins de vent ! lui conseilla Cabetchio.

Furieuse, elle se jeta à plat ventre et fit claquer son briquet entre deux roches. Contrariée de le voir s'allumer, elle se redressa en attaquant :

— Puisque mon paradis n'a pas l'air de vous plaire, parlez-nous donc de votre enfer. Je suis bien capable de le trouver agréable car moi, je respecte notre pacte.

Cabetchio, son verre de cognac à la main, se garda bien de donner son opinion. La trêve était préférable et il s'exécuta de bonne grâce.

— Cette région a toujours été un des hauts lieux de toutes les résistances. La présence d'abris imprenables dans son sous-sol n'a fait que prolonger des luttes sanglantes et, à travers les siècles, partisans et réfractaires se sont livrés dans ce maquis à des tueries sans fin. La technique de la guérilla fut inventée par les druides luttant contre le paganisme latin, reprise par le christianisme s'opposant aux dieux barbares. Jusqu'en 1789, les guerres de religion n'ont cessé de faire des victimes.

— Comme partout ailleurs !

— Non ! Bien plus qu'ailleurs. Et ce ne fut pas terminé. La religion ne tuant plus son homme, la politique releva le flambeau.

Excédée par cet exposé, trop sérieux dans la bouche de Cabetchio, qui n'avait pas fini de la surprendre par les multiples registres de sa trop forte personnalité, elle demanda avec l'ironie d'un gosse fatigué par un cours ennuyeux :

— Et quelles sont vos prophéties, cher maître, pour le proche avenir ?

— Le combat cessera faute de combattants, poursuivit Cabetchio avec sérieux. Les humains ayant disparu de cette terre sauvage, vous pourrez y bâtir le paradis de vos rêves.

— Alors, si je comprends bien, les rares indigènes que nous pourrons rencontrer sont tous des tueurs en puissance. C'est gai !

— Simplement des hommes rudes et entiers que la civilisation nivelle et rend semblables à nous tous. Connaissez-vous l'histoire plus récente de l'Aven Marzal ?

— Un sombre drame, probablement.

— Non, un fait divers banal qui aurait pu servir à l'époque de thème à un roman policier. Au début du dix-neuvième siècle, le petit village de Saint-Rémèze, que nous avons traversé ce matin, possédait un dur comme garde forestier. Peu importe son nom, il est passé à la postérité sous le sobriquet de Marzal. Le marzal est de l'herbe à lapins. Sa femme, un jour, en ramassa sur un terrain qui ne lui appartenait pas. Son mari lui colla un procès-verbal qui le rendit ridicule et célèbre. Vous voyez le type ! Consigne, consigne ! Tout aurait bien marché, s'il s'était contenté d'empoisonner uniquement la vie de sa très chère épouse.

— Ça, je m'en serais doutée, acquiesça Carlotta.

— Malheureusement pour lui, son sale caractère lui créa bon nombre d'ennemis. Non loin d'ici, il se prit un jour de querelle avec un meunier de la région, un brave homme sans doute, qui le tua net d'un coup de fusil, ainsi que son chien.

— Cette méthode doit vous plaire.

— Assez ! Mais le meunier manqua par la suite de réflexion. Suivant la coutume ancestrale, il fit disparaître le cadavre du garde et de son chien dans une faille profonde. Il avait eu un témoin, son jeune berger, un faible d'esprit, qui finit par tout raconter. Comble de malchance, le cadavre du garde s'était accroché à une anfractuosité rocheuse et fut retrouvé. Celui du chien seul avait rejoint le fond de la grotte verticale à laquelle on a donné le nom d'Arven Marzal.

— Moralité : il aurait dû tuer le berger.

— Vous devenez intelligente.

— À votre contact, quoi de plus naturel. Pour vous, tout se résout en transformant en slogan la phrase historique : « Tuez-les tous, Dieu reconnaîtra les siens ! »

— Moi, j'aurais dit : le diable !

Il se leva d'un bond, comme le dormeur saute de son lit pour être sûr de ne pas se rendormir. Il examina le ciel troué d'étoiles et se dirigea vers sa tente.

Carlotta aperçut alors son mari allongé un peu à l'écart.

— Tu dors ? demanda-t-elle, suffoquée par une pareille attitude.

— Non, grogna-t-il sans bouger.

— Alors, tu es en rogne ?

Un autre grognement lui parvint.

— Je suis bien entourée, lança-t-elle, entre une brute et un abruti !

— Aussi nous allons, je crois, te laisser seule.

Ralph se leva lentement et se dirigea vers Cabetchio qui tirait de sa tente tout un matériel hétéroclite.

— Vous avez besoin de moi ?

— Non, merci, pas ce soir ! répondit Cabetchio en ajustant sa combinaison d'homme-grenouille. Je vais simplement monter la garde un peu en aval pour empêcher toute sortie possible. Reposez-vous, demain, la journée sera dure.

Ralph ne répondit rien et se dirigea en flânant vers le causse dont le silence n'était troublé que par le chant strident des cigales.

21

Ralph n'allait pas au hasard.

Dans le désordre hallucinant des rocs et des broussailles dont la nuit burinait le relief, il suivait les lacets d'un sentier capricieux dont il avait imaginé le tracé. Le sol irrégulier auquel son pied de citadin ne parvenait pas à s'adapter l'obligea à ralentir son allure. La moindre chute de pierres, le moindre faux pas sur les solides racines à nu se répercutaient en échos sonores. Sous la blanche et froide lumière de cette nuit d'été, le moutonnement pétrifié de cette mer immobile prenait l'apparence d'un décor d'anticipation.

Le souffle court, tous ses sens aux aguets, comme le premier homme faisant ses premiers pas sur une planète inconnue, il avançait dans un silence oppressant.

Prudemment, il marcha ainsi un bon quart d'heure et s'arrêta enfin à la lisière d'un massif assez semblable à tous ceux qui tachaient l'horizon de leurs masses sombres.

C'est là qu'il avait décidé de tendre son piège, comme le chasseur qui par intuition pose ses lacets sur le passage du gibier.

D'après ses calculs, il devait se trouver au cœur même du causse sur le chemin imaginaire qui, partant de l'Aven Marzal, devait permettre d'atteindre l'Ardèche.

Aghoo viendrait-il? Ralph l'attendait sans y croire. Il avait examiné toute la bordure de la falaise et n'avait découvert aucune possibilité de descente. Il est vrai qu'à l'aide de cordes bien des à-pics deviennent praticables et Guy de Montrose était un spécialiste.

De toute manière, il devait assurer la liaison avec les habitants de la grotte. Ralph tenait à savoir comment il pouvait communiquer avec eux sans emprunter le passage difficile de la rivière.

Une liaison par radio était à éliminer. La réception en eût été pratiquement impossible à cette profondeur et sans une antenne extérieure.

Restait la possibilité d'une autre issue, d'une sortie de secours, bien que cette hypothèse eût été rejetée par Cabetchio.

Le mystère restait entier et c'est pour l'élucider que Ralph avait décidé d'attendre Aghoo.

Peu à peu le silence s'anima de bruits infimes que son oreille parvint à enregistrer. L'adaptation progressive de ses sens et leur surprenante acuité le surprirent. Il distinguait maintenant le sautillement furtif des lapins du glissement lent des reptiles, ou de la chute inopinée d'une pierre en équilibre instable. Par instants, le vent brassait les branchages secs et les broyait en une immense rumeur. Ralph s'accoutumait peu à peu à cette vie secrète à laquelle il appartenait.

Il n'avait confié son secret à personne. Ainsi il n'aurait pas à discuter de son échec si cette chimérique tentative échouait.

Le temps passait et aucune présence humaine ne se manifestait. Son éloignement ne permettait pas aux amoureux d'utiliser cet éden.

Son attente devint vite ridicule à ses propres yeux. Il aurait eu bonne mine, si quelqu'un l'avait suivi et observé en train de prendre mille précautions dans ce lieu désert. Il saisit un paquet de cigarettes. À quoi bon vouloir jouer au chat et à la souris si l'on est seul.

Son doigt se paralysa sur la molette de son briquet. Un bruit nouveau et régulier parvenait à ses oreilles. Sa première pensée fut de l'attribuer à un bruit de pas. Son désir devait lui jouer un mauvais tour. Il avait des hallucinations. Il chercha une autre explication et n'y parvint pas.

Peu à peu, le martellement sourd devenait plus net et perceptible. Le bruit se rapprochait. Il ne pouvait être à ce point le jouet d'une illusion.

— Bientôt sur l'horizon de pierre une silhouette se détacha. Un homme venait dans sa direction. Il était encore trop éloigné pour distinguer ses traits et Ralph, pour se convaincre qu'il s'agissait bien d'Aghoo, s'attacha aux moindres détails qui ne pouvaient être que le fait de simples coïncidences. N'ayant pas la patience d'en attendre la preuve, il lança en avant-garde toute la batterie de ses fragiles antennes intuitives. Carlotta aurait bien ri de le voir à son insu utiliser ses armes favorites. Il hésitait, tandis qu'elle aurait conclu du premier coup, quitte à justifier plus tard son erreur.

L'homme obliqua et sa silhouette se présenta de biais. Il venait de changer de direction. Ralph abandonna son jeu de pronostics. Il devait intercepter l'inconnu avant qu'il eût atteint la falaise et si possible bien avant.

Ralph avait prévu cette hypothèse. Un sillon rocheux filait en diagonale et pouvait le dissimuler un long moment. Il se mit à courir à l'abri de ce plan incliné qui, raboté par les pluies, ne présentait que peu de risque d'effritement. Il avait hâte de gagner l'extrémité du mur pour épier de nouveau la progression de celui qui ne pouvait plus être qu'Aghoo.

Il atteignit enfin le bout du couloir. Un nid de broussailles avait profité, pour s'accrocher et survivre, des résidus friables que le vent avait accumulés sous l'extrémité oblique de la roche.

Au travers des fragiles rameaux, il le reconnut enfin. Aghoo n'était plus très loin. Sa pipe entre les dents, il allait passer sans méfiance auprès de lui. La chance le favorisait. Un afflux sanguin réchauffa tous ses membres et l'incita à l'action.

Il s'arc-bouta à la roche. Sa respiration s'adapta à la cadence régulière des semelles cloutées. Dans quelques secondes, Aghoo allait passer devant lui. Il lui serait facile de l'arrêter par surprise en évitant un combat inutile.

Une ombre se dessina au travers du feuillage. Ralph prit appui des deux mains pour s'élancer en avant. Il demeura cloué à la roche, les muscles raidis, en apercevant Aghoo contourner le massif épineux.

Sifflotant un air en vogue, ne se doutant de rien, il se présenta de face. Ralph ne pouvait accepter le tête-à-tête imprévu et avant qu'il eût réalisé, il ordonna :

— Restez où vous êtes, Guy de Montrose.

Un juron lui répondit.

— Toute résistance serait inutile, le mieux est de vous rendre, conseilla-t-il encore, tout en surveillant son adversaire.

— Je saurai d'abord à qui j'ai affaire ! lança Aghoo en fonçant droit devant lui.

C'était courageux et maladroit de sa part. Le mur rocheux aux formes imprécises dans l'obscurité aurait pu lui être fatal. Ralph se contenta d'esquiver l'attaque. Aghoo furieux se heurta à la dure paroi irrégulière et avant qu'il se fût retourné il était immobilisé par une solide torsion de l'avant-bras. Il tenta de s'en libérer. Une vive douleur le stoppa.

— Est-ce suffisant ? demanda Ralph. Ceci n'est qu'une plaisanterie, je pourrais devenir sérieux si vous y tenez vraiment.

— Qui êtes-vous ? haleta Aghoo.

— Je vous donnerai plus tard toutes les explications désirables si vous acceptez de vous tenir tranquille. Mettons que je fasse partie de la police.

— Alors, arrêtez-moi !... Je ne parlerai pas. Je n'ai rien fait.

— Justement, ce qui nous arrangerait tous deux c'est que vous acceptiez une petite conversation presque amicale. Je ne suis qu'un détective privé...

— Alors, foutez-moi la paix ! hurla Aghoo.

Il essaya de se dégager et poussa un cri. Ralph en appuyant légèrement sa pesée venait de lui rappeler la précarité de sa position.

— Soyez donc plus réaliste et plus intelligent. Sachez que je suis au courant de vos diverses activités clandestines : enlèvement d'Yvette Starensky, trafic d'armes, assassinat d'Yvan Starensky à Marseille et de Rita à Paris.

— Je n'y étais pas, se défendit Aghoo avec force. Sinon...

Il s'arrêta, ne voulant pas dévoiler le fond de sa pensée que Ralph se promit bien d'approfondir plus tard.

— Vous ne pouviez être partout ! Vous y êtes mêlé plus ou moins, c'est suffisant. Rendez-vous donc sans condition.

— Pas à vous, toujours.

— Comme il vous plaira. Je vais vous remettre à la police officielle, qui ne fera aucune difficulté pour reconnaître qu'elle s'est emparée elle-même de votre personne. Ici, les secrets sont bien gardés et vous en savez quelque chose !

L'immobilité commençait à ankyloser Aghoo dont la position était inconfortable.

— D'accord, j'accepte ! bougonna-t-il.

Ralph relâcha son étreinte et lui recommanda de se retourner lentement. Mais aussitôt Aghoo déchaîné fonça tête en avant.

— Et vicieux avec ça ! cria Ralph hors de lui en le recevant sur son genou replié.

D'une manchette rageuse, il l'étendit sans connaissance. Il y était allé un peu fort et tout en le retournant il regretta cette perte de temps.

Le transporter était impossible. Il se contenta de lui lier solidement les poignets pour éviter toute nouvelle action agressive. Il en profita pour le fouiller : il n'était pas armé.

Ralph s'assit à ses côtés et alluma une cigarette.

Le gaillard était solide et reprit très vite connaissance. Ralph l'aida à s'asseoir.

— Vous avez fait de beaux rêves ?

Un soubresaut de révolte le fit basculer sur le côté en lui rappelant que les poignets retenus derrière le dos compromettent l'équilibre de l'individu. Les bras servent de balancier aux hommes, comme la queue aux chats.

— Que voulez-vous de moi ? dit-il enfin.

— Peu de choses... et nous pourrions à la rigueur nous en passer.

— Vous êtes toujours aussi clair ? ironisa Aghoo.

Il avait pleinement repris connaissance et utilisait la seule arme à sa disposition. Ralph sourit.

— Je n'ai que deux questions à vous poser. D'abord, comment communiquez-vous avec la grotte ?

— Par une diaclase.

— Comment ?

— Par une diaclase, répéta Aghoo avec application.

— Vous arriverait-il, à vous aussi, de ne pas être très clair ?

— Excusez-moi, j'oubliais que j'avais affaire à un profane.

Il avait besoin de parler pour s'étourdir, d'affirmer une quelconque supériorité pour oublier sa défaite et surtout pour éviter de penser à ses conséquences.

Saisis du même besoin, certains assassins plastronnent et exposent avec gloriole les horribles détails de leurs forfaits et tentent de transformer en épopée un vulgaire crime crapuleux. Aghoo, lui, se lança dans un exposé scientifique émaillé de détails et de termes techniques.

Ralph, excédé, lui coupa la parole.

— Donc, disons plus simplement qu'une diaclase est une étroite fissure dans la roche. La vôtre communique avec la grotte et sert de boîte aux lettres.

— Vous avez un sens pratique étonnant.

— Ce soir, vous portiez du courrier ? demanda Ralph sans attacher d'importance à la forme arrogante des réponses.

— Pourquoi serais-je venu ? Je crains que vous ne puissiez en prendre connaissance... il est chiffré.

— Vous devez avoir le code.

— Non... et c'était, voyez-vous, une sage précaution.

L'objection était de taille et d'une logique aveuglante. Il eût été sot de vouloir espérer le contraire. Aghoo n'était utilisé que comme facteur et devait tout ignorer des décisions de la bande. La méfiance de Mario vis-à-vis de ce lampiste confirmait encore cette hypothèse.

Ralph ne manifesta aucune déception.

— Peu importe ! Deuxième question : où se trouve l'entrée de la grotte ?

— Ça, alors, ricana Aghoo, c'est encore plus drôle ! L'entrée se trouve par quatre mètres de fond dans les eaux de l'Ardèche.

— Je connais l'existence du siphon, je vous demande son emplacement exact.

— Il faut y être allé pour pouvoir le repérer. La falaise est perforée à cet endroit par de nombreuses excavations toutes semblables et une tentative serait vouée à l'échec.

— Eh bien ! nous irons tous les deux, affirma Ralph en se levant brusquement.

— Mais... commença d'articuler Aghoo stupéfait.

— Debout ! ordonna Ralph dont les nerfs commençaient à lui chatouiller l'épiderme.

Il tira ostensiblement de sa poche son revolver dont le canon s'éclaira sous la lune de reflets bleutés. Aghoo n'avait plus envie de plaisanter. Son proche avenir était lourd de menaces encore imprécises, mais toutes plus redoutables les unes que les autres.

Sans lui laisser le loisir de choisir entre un optimisme stupide et un pessimisme prématuré, Ralph le poussa droit en avant.

— Avancez droit devant vous. Je vous indiquerai le chemin.

— Où allons-nous ?

— Contentez-vous de marcher sans essayer de faire le malin et... en silence. Sinon, je n'hésiterai pas à vous éliminer, car vous devenez plus encombrant qu'utile. Un cadavre disparaît facilement et pour longtemps dans une « diaclase ». Je suppose qu'en qualité de spéléologue, vous êtes d'accord. Je crois que vous avez ajouté un chapitre nouveau à cette jeune science que l'on pourrait intituler : « L'utilisation de la spéléologie par des salopards de votre espèce ! »

22

Deux ombres se profilant sur le causse intriguèrent Carlotta dès qu'elle les aperçut. Elle abandonna non sans regret la douce flânerie dont elle avait meublé sa solitude, pour tenter de résoudre cette nouvelle énigme.

Debout, elle épia leur démarche hésitante sans parvenir à identifier les deux hommes.

Ralph et Cabetchio étaient partis chacun de leur côté. Il était improbable qu'ils aient pu se rejoindre. Toute une sarabande de suppositions se bouscula tour à tour sans parvenir à s'imposer.

Dans quelques minutes, elle serait fixée. Le problème n'aurait alors plus d'intérêt pour elle : elle voulait savoir avant.

Ralph et son prisonnier, qui semblait résigné à son sort, se dirigeaient vers le camp dont ils apercevaient déjà les contours géométriques des tentes.

Durant tout le parcours, tous deux étaient restés muets. Absorbé, chacun avait presque oublié la présence de l'autre. Le sujet de leurs préoccupations devait être semblable : seuls différaient les points de vue.

Ils avançaient comme des automates, indifférents aux embûches sournoises du sol qui les faisaient trébucher à tout instant et leur donnaient une démarche d'hommes ivres.

L'appel de Carlotta, qui avait reconnu son mari et allait à leur rencontre, les tira de leur torpeur.

— Par ici, cria-t-elle, le chemin est meilleur !

Aghoo s'arrêta net. Il crut à une hallucination. Cette voix, il la reconnaissait. Il aurait voulu l'entendre une nouvelle fois pour en être certain.

— Avance ! ordonna Ralph rudement. Les surprises ne vont pas te manquer ! Il faudra t'y faire !

Le visage renfrogné, Aghoo tentait de percer l'obscurité pour découvrir le visage de la femme qui approchait. Carlotta d'ailleurs faisait de même et cherchait à percer les traits de l'inconnu.

Au même instant, ils se reconnurent.

Carlotta fit une pause tandis que Ralph, une fois encore, poussait Aghoo d'une bourrade dans le dos.

— Avance donc, collégien ! Nous avons dépassé le stade des émois romantiques.

Son pas s'alourdit, ses larges épaules se voûtèrent. Il ressentait une immense lassitude. La fatigue meurtrissait ses muscles et chaque mouvement lui coûtait un effort.

Tout s'écroulait autour de lui. Il aurait voulu pouvoir abandonner. Il avait vieilli d'un seul coup sans avoir le temps de s'y habituer.

Il passa près de Carlotta sans la voir. Elle détourna son regard. Aghoo lui faisait pitié. C'était stupide. Ce sentiment s'accrochait à elle sans qu'elle parvînt à le chasser.

— Rien de nouveau ? demanda Ralph en marchant à ses côtés.

— Pas encore… Toujours pas de truites !

Cabetchio n'était pas encore de retour. Il faudrait l'attendre pour prendre une décision qui dépendait en partie de lui. Ralph indiqua une roche plate à Aghoo qui, le regard lointain, demeura étranger à tout ce qui l'entourait.

— Tu peux t'asseoir ! Nous sommes arrivés.

Il se laissa glisser sur le sol et ne bougea plus.

— Je vais préparer du café, annonça Carlotta. Nous en aurons tous bien besoin.

Elle sentait l'impérieuse nécessité de s'occuper, de libérer ses nerfs. Elle eût souhaité un travail pénible pour les épuiser et les détendre. Elle allait, venait sans raison, multipliait les gestes inutiles. À quoi bon se hâter, alors qu'elle redoutait d'avoir à participer à une discussion qui lui serait pénible.

Le retour de Cabetchio changea le cours de ses idées. Il la vit la première et, toujours débordant de vie, vint vers elle à grandes enjambées.

— Du café ! s'exclama-t-il. Voilà ce que j'appelle une idée de génie. Décidément, vous êtes une mère pour moi !

Sa combinaison ruisselante d'une main, il lui tendit de l'autre un petit sac humide.

— Et puis voici des… truites, chantonna-t-il.

Le « merci » indifférent de Carlotta l'intrigua. Il s'attendait à une attaque mordante, à une remarque cinglante. Son adversaire refusait le combat, ce n'était pas normal. Quelque chose ne tournait pas rond et il s'en inquiéta :

— Qu'est-il arrivé ?

Carlotta se retourna et de la main lui indiqua l'angle de la tente qui dissimulait entièrement

Aghoo. Seul Ralph émergeait de dos. La tête entre ses mains, il réfléchissait au dénouement proche de l'affaire.

— Allez donc voir ! Mon mari a fait un prisonnier ! Vous allez être ravi.

Cabetchio fixa un instant Carlotta comme s'il voulait lire dans sa pensée. Elle supporta son regard par bravade. Cabetchio lentement abaissa ses paupières et les yeux à demi fermés, il murmura :

— Quel dommage ! Un garçon si sympathique. Un peu jeune, tout de même.

Cabetchio était féroce. Carlotta, cinglée, se redressa sous l'effet de ce coup de fouet.

— Sympathique ! Beaucoup plus que vous assurément et surtout plus humain.

— Résultat, il se fait épingler comme un gamin.

— Je ne m'inquiète pas pour vous, sous ce rapport.

— Moi, je tiens à ma peau ! C'est pour l'instant ce que j'ai de plus cher… et de loin. Vous n'auriez pas pu le renvoyer chez ses parents, cet imbécile.

Le cynisme volontaire de Cabetchio blessa Carlotta, mais elle préféra se taire. La présence d'Aghoo gênait Cabetchio et il valait mieux ne pas le heurter. Elle détourna la conversation.

— Comment avez-vous deviné tout de suite qu'il s'agissait d'Aghoo ?

— Ah ! nous y voilà ! C'est une question bien féminine. Et si je vous disais que je n'en sais rien ? Vous ne me croiriez certainement pas, car l'intuition est une qualité qui vous est réservée… Je ne me suis jamais posé de « pourquoi » et de

« comment » et j'ai toujours pressenti avant de voir, d'entendre ou de sentir. Le jour où il m'arrivera de me tromper, ce sera certainement le dernier. Si cette explication ne vous convient pas, libre à vous d'en trouver une autre. Je vais aller voir votre mari, il doit avoir des tas de choses à me dire.

Il fit quelques pas avant de se retourner. Carlotta s'était assise. Elle redoutait la réaction de Cabetchio.

— Pensez aussi un peu à nous ! Mon corps a soudain des réactions humaines : il grelotte et réclame du café ! Alors, un bon mouvement.

Ralph vint à sa rencontre.

— Vous êtes au courant ?

— Oui.

Sa réponse était sèche et il n'ajouta aucun commentaire. Cette initiative ne lui plaisait pas. Il en mesurait tous les inconvénients et, à son point de vue, il ne pouvait en tirer que bien peu d'avantages. Qu'allait-il faire d'Aghoo ? Seul, il n'aurait pas hésité à le supprimer.

— Que comptez-vous faire de lui ? fut sa première question.

— L'utiliser !

— Et après ? insista Cabetchio avec rage.

— Nous verrons.

La réponse évasive de Ralph était bien celle qu'il redoutait. Il ne put se contenir plus longtemps :

— Nous verrons ! Et en attendant vous allez le nourrir et veiller sur son sommeil... consoler ce pauvre garçon égaré... Non, non et non, c'est un luxe que je ne puis m'offrir... J'ai besoin de vous !

— Et moi, j'ai besoin de lui ! Asseyez-vous et écoutez-moi, conseilla Ralph posément. Vous déciderez ensuite.

Sa décision était déjà inscrite sous le profond sillon qui creusait son front têtu. Accepterait-il d'en changer ? Il écouta cependant sans l'interrompre le récit de la capture d'Aghoo. Il souligna seulement certains passages par des sons inarticulés qui ne parvenaient pas à se métamorphoser en mots et pouvaient aussi bien être des « oui » que des « non » aux consonances injurieuses.

— Où est le courrier ? demanda Cabetchio quand Ralph eut terminé.

— Je l'ai décacheté soigneusement : toutes les lettres sont chiffrées.

— Et, bien entendu, vous n'avez pas le code ?

— Aghoo affirme ne pas le connaître. Posez-lui la question.

Cabetchio éclata d'un rire sinistre et se leva d'un seul élan.

— Mes méthodes ne me permettent pas un interrogatoire en plein air. Je n'ai nulle envie d'ameuter les villages d'alentour avec ses hurlements.

Carlotta s'était approchée sans bruit. Elle s'arrêta pour écouter la conversation des deux hommes, qui étaient bien loin de penser à elle. Cabetchio lui tournait le dos. L'impression d'être prise en faute la fit sursauter quand, sans se retourner, il s'adressa à elle.

— Qu'attendez-vous, Carlotta, pour nous servir le café ? Depuis un moment, vous le laissez refroidir sans raison. J'aurai besoin de vous pour le déchiffrage. Dépêchez-vous !

Elle lui tendit un gobelet qu'il vida d'un trait aussitôt rempli.

— Et le sucre !

— Donnez-le à votre gosse.

Médusée, elle déposa la cafetière aux côtés de Ralph et suivit Cabetchio qui gagnait sa tente à grands pas.

— Vous pensez y parvenir ? hasarda-t-elle dès qu'elle l'eut rejoint.

— Oui ! Dans cinq minutes ou dans huit jours… Question de chance ! C'est gai !

Et le camp retomba dans le silence épuisant de ces lourdes nuits d'été où l'esprit vagabonde et libère le monde de toute pesanteur.

Tels de gros nuages noirs, les rochers flottaient sur le causse et les monts ardéchois aux contours imprécis fondaient à l'horizon désert.

Bercé par le ronflement sourd de l'Ardèche, Ralph s'épuisait à lutter contre ce voluptueux engourdissement. Il se mit à marcher tout autour d'Aghoo qui, couché à plat ventre, se confondait avec le sol. Son paquet de cigarettes diminuait et il calcula qu'il n'en avait que pour une heure. Il n'osait plus regarder sa montre.

Cabetchio sortit de sa tente et la vie, d'un seul coup, se remit à battre.

— Ralph, s'écria-t-il de loin, je commence à croire que vous avez du génie

— Auriez-vous déjà tout déchiffré ?

— Carlotta met les textes au propre. Dans dix minutes, c'est terminé. J'avais heureusement le chiffre secret du F.L.N. et ça a marché du premier coup. C'est une veine et… une preuve. Par exemple, il sera nécessaire d'expédier sans retard ce courrier au destinataire.

— Les renseignements sont importants ?

— Vous en jugerez par vous-même tout à l'heure. Il y est surtout question du trafic des armes.

Il ajouta malicieusement :

— Cela ne vous intéressera pas ! Il est fait allusion cependant à... Yvette Starensky.

— Elle est donc vivante dans la grotte ?

— C'est bien possible !

D'un geste vague, il marqua son indifférence et passa à un autre sujet.

— Pour le présent immédiat, en ce qui me concerne, deux points sont à retenir : demain soir, vers dix heures, tous les occupants de la grotte se rendront à une réunion pour recevoir des consignes importantes. Ils seront de retour avant quatre heures du matin.

— Que vont-ils faire d'Yvette Starensky ?

— Un peu de patience ! C'est une idée fixe, cette fille ! Carlotta a déjà eu l'intention de m'étrangler parce qu'à son gré je ne déchiffrais pas assez vite pour le savoir. Il me tarde de voir cette pin-up pour m'assurer qu'elle mérite tant d'intérêt. Enfin, rassurez-vous ! Elle sera sous la garde d'un tueur chargé de l'exécuter à la moindre alerte. Ce n'est d'ailleurs qu'un délai de grâce. Elle est devenue aussi encombrante pour eux qu'Aghoo peut l'être pour nous.

— Pour vous, rectifia Ralph.

— Très juste ! Cependant, je vous demande de ne pas oublier que votre sort est lié au mien.

— Et que notre réussite dépend d'Aghoo ! Lui seul peut nous indiquer l'entrée de la grotte.

Un bruit insolite fit retourner les deux hommes. C'était Carlotta qui, dans sa précipitation, s'était prise dans une corde et battait l'air de ses deux bras pour retrouver son équilibre sans lâcher les papiers qu'elle tenait à la main. Comme si rien ne lui était arrivé, elle se joignit à eux. Cabetchio l'accueillit en plaisantant :

— Chère secrétaire et collaboratrice au grand cœur, venez donc écouter la bonne nouvelle. Nous sommes d'accord avec votre mari pour exécuter son plan dont je vais vous exposer les grandes lignes. Nous tenons à avoir votre avis, n'est-ce pas naturel ?

Cabetchio était diabolique. Qu'avait-il encore inventé. La stupéfaction de Ralph n'avait d'égale que l'inquiétude de Carlotta qui tremblait déjà devant l'attitude effrayante de ce phénomène aux réactions imprévisibles et qui semblait se réjouir d'avance d'une énorme farce.

— Mon bon cœur, commença-t-il, a dicté ma décision.

— Tu parles, laissa échapper Carlotta entre ses dents, sous le regard furieux de Ralph.

Sans prendre ombrage de cette interruption, Cabetchio poursuivit du même ton :

— Les séquences sentimentales sont rares dans le film de ma vie. Vous en apprécierez tous deux la valeur. Voici le scénario que j'ai imaginé. Demain, peu après dix heures, trois hommes plongeront dans l'Ardèche. Aghoo jouera le rôle de guide. Et à sa suite nous franchirons l'entrée de la grotte. Ralph tentera alors de sauver cette jeune fille innocemment prise au piège. Quant à moi, je farcirai la galerie de belle et bonne dynamite. Alors, ce sera le tragique dénouement. À quatre heures du matin, la falaise s'écroulera ! Il est bien évident que ceux d'entre nous qui tiennent à la vie devront avoir vidé les lieux en temps utile. Je suppose que nous sommes tous bien d'accord ?

— Merci ! Je n'en attendais pas moins de vous.

Cabetchio ne répondit rien. Il s'efforçait de rester fidèle au personnage insensible qu'il s'était forgé.

Ralph pourrait tenter sa chance et il admirait son courage tout en se refusant à l'admettre.

En parler l'eût heurté, c'eût été consacrer ce qu'il considérait comme une faiblesse de sa part.

Une lueur d'humanité passa dans ses yeux et Ralph comprit qu'il le suppliait de se taire. D'ailleurs, très vite il se retourna vers Carlotta.

— Et nous allions oublier le visa de Dame Censure !

— Accordé !

— Vous êtes, ce soir, vraiment trop indulgente.

23

Cabetchio avait tenu à garder Aghoo sous sa tente pour la nuit.

Malgré les craintes de Ralph et surtout de Carlotta, ils avaient fini par céder tous deux aux nombreux arguments qui lui donnaient raison. Les tentes étaient bien trop petites pour trois personnes et ils avaient besoin de repos. De plus, Cabetchio avait prétendu pouvoir dormir sans risque, enchaîné à son prisonnier selon une tactique qui lui était familière.

D'ailleurs, à la moindre alerte Ralph s'était promis d'intervenir et Carlotta de ne dormir que d'un œil.

La nuit se passa sans incident.

De très bonne heure, Ralph se réveilla. À l'aube de cette journée qui devait être la dernière, il n'était plus question de se rendormir. Il se leva et décida de libérer Cabetchio de sa corvée.

Mais il trouva la tente vide : les deux hommes avaient disparu.

Un bout de papier suspendu au mât central lui était destiné : « Ne vous inquiétez pas. Serons de retour en temps voulu. La nuit porte conseil. »

Que s'était-il donc passé ?

Ralph ne décela aucune trace de lutte. Le texte du message laissait supposer un départ concerté dans un but précis. La fuite d'Aghoo paraissait improbable.

Cabetchio n'avait manifesté qu'un mépris total vis-à-vis d'Aghoo. Il ne lui avait même pas adressé la parole et ne l'avait regardé que par mégarde sans chercher à le voir. Sans doute, son premier mouvement eût été de le supprimer, de le rejeter comme un objet sans valeur. Mais la réussite de l'entreprise dépendait maintenant de lui et Cabetchio le savait.

S'était-il décidé à l'interroger et lui avait-il arraché des révélations qui l'auraient poussé à modifier son plan. Il en était capable, mais alors pourquoi était-il parti sans prévenir Ralph ? C'est donc qu'il n'aurait pas été d'accord !

Restait à envisager l'attitude d'Aghoo dont la mentalité assez trouble pouvait l'avoir incité à conclure un marché de dupe avec un inconnu dont il aurait mal mesuré la force. Qu'il eût réussi était impensable.

Carlotta, réveillée en sursaut et de ce fait de mauvaise humeur, trouva sans hésiter la solution :

— Cabetchio n'est qu'un assassin ! Je l'ai senti dès que je l'ai vu. Et, tu peux me croire, mes premières impressions ne me trompent jamais.

Ralph regrettait déjà de l'avoir mise au courant. Il cherchait une tout autre explication et se contenta de hocher la tête. Il essaya de la ramener à une vue plus normale de la situation.

— Ne nous égarons pas. Pourquoi m'aurait-il laissé ce mot rassurant : « Serons de retour. » Il a mis « serons », c'est donc qu'il compte revenir avec lui. Et, de toute façon, il a besoin d'Aghoo.

— Pauvre naïf... Ce mot n'a d'autre but que de te pousser à l'attendre... les bras croisés, pour lui laisser le loisir d'agir à sa guise. Et quand la falaise s'écroulera... avec nous, il repartira d'un cœur léger en annonçant : « Mission terminée ! »

— Tu es stupide, Cabetchio est un type régulier.

— Régulier ou pas, il faut filer d'ici au plus vite. Inutile de s'endormir sur un volcan qui peut sauter d'un moment à l'autre.

— À ton aise... Moi, je reste !

— C'est un suicide ! Tu es inconscient !

— Non, j'ai foi en la parole de Cabetchio. J'agis en conséquence. J'avoue d'ailleurs ne pas avoir d'autre issue pour aujourd'hui.

— Bon, soupira Carlotta.

Puis elle s'étira avec effort, comme si la discussion avait noué ses membres. Le regard perdu sur le vaste plateau dont les formes se précisaient peu à peu sous le soleil naissant, elle entreprit de démêler ses longs cheveux qu'une brise tenace embrouillait de nouveau après chaque coup de peigne.

Ralph faisait les cent pas autour des tentes, en donnant régulièrement des coups de pied aux piquets qui se hérissaient sur son passage.

Pour se donner une contenance et rompre le silence, Carlotta se mit à fredonner :

Si je n'avais plus,
Plus qu'une heure à vivre...

Trop absorbée, elle ne réalisa pas le caractère insolite des paroles qu'elle prononçait.

Ralph tolérait d'habitude son goût – qui n'était pas le sien – pour ces romances à fleur de peau. Mais, en pareille circonstance, c'était de la folie ou de la provocation.

— Arrête, veux-tu, et dis-moi plutôt ce que tu ferais ?

En un éclair, tous les thèmes de Ralph sur l'insouciance, la futilité, l'inconscience féminine se condensèrent sur Carlotta qui, à contretemps, jouait toujours les ingénues.

Elle ouvrit de grands yeux étonnés. Ce rappel agressif à un présent hostile fit tanguer son esprit qui voguait au loin.

La voix même de son mari l'exaspéra.

— Je constate que je ne te suis d'aucune utilité.

— Certes pas, bougonna-t-il.

— Dans ces conditions, je vais te laisser. J'en profiterai pour aller jusqu'à Vals. Tu auras tout ton temps pour te ressaisir. J'ai quelques achats à faire et cela nous évitera de nous disputer. Je serai de retour vers midi. Ensuite, nous nous recueillerons ensemble avant de mourir réunis.

Ralph ne voulut pas en entendre davantage. Tout heureux de cette solution, il accepta en grimaçant sans chercher à approfondir ni ses raisons, ni leur bien-fondé.

— C'est parfait ! À tout à l'heure !

Il lui tourna résolument le dos et s'éloigna. Cette acceptation sans réserve et très vite accordée laissa Carlotta sans réponse. Elle s'attendait à l'obtenir après une bonne querelle. Elle était déçue.

— N'oublie pas de m'apporter des cigarettes ! lui cria Ralph.

— Bien sûr, celle des condamnés !

Elle était à battre !

Ralph se sentit soulagé en la voyant s'éloigner. Il est des moments où l'ironie a un goût de fiel.

Carlotta devait aller jusqu'à Bidon, où leur voiture était garée. La marche lui permit d'ordonner ses idées, tout en calmant ses nerfs. Avant tout, il lui fallait retrouver Cabetchio pour sauver Aghoo de ses griffes. Moderne Jeanne d'Arc, fortifiée par la mission à laquelle elle s'était vouée, sans le dire à son mari qui n'aurait pas manqué de la traiter de folle — ce qui lui arrivait lorsqu'il était de mauvaise humeur — elle ne trouva le chemin ni aussi long, ni aussi pénible qu'à leur arrivée.

— Bonjour, madame. On va faire un petit tour à Vals de bon matin ?

Elle était déjà parvenue devant le garage sans s'en rendre compte. Le pompiste, souriant, nettoyait ses mains huileuses à un linge sale. Il s'étonna de ne pas recevoir de réponse.

Quand enfin elle prit conscience qu'elle restait debout devant lui sans savoir ce qu'il lui avait dit, elle se pinça discrètement le bras pour s'obliger à redescendre sur terre. Les pensées qui s'enchevêtraient dans son cerveau ralentissaient ses réflexes. Le pompiste, qui la connaissait à peine, la jugea d'un caractère hésitant et un peu rêveur.

— Voulez-vous que je sorte votre voiture ? proposa-t-il par prudence. Votre ami a assez mal placé la sienne. La vôtre est un peu coincée.

Cette fois elle avait repris le contact.

— Non, merci, réagit-elle aussitôt. J'étais venue voir simplement si je n'avais pas oublié mon poudrier dans la boîte à gants.

Elle se faufila dans le garage, vérifia que la voiture de Cabetchio était toujours là et ressortit précipitamment.

— Bonne promenade, chantonna le garagiste avec son savoureux accent méridional.

Cabetchio était donc parti à pied avec Aghoo. Ils n'avaient pu aller bien loin. S'ils étaient passés à Bidon, le garagiste les aurait vus. Elle voulut vérifier s'ils avaient été aperçus à l'Aven Marzal. Ensuite, il ne lui resterait plus qu'à abandonner, car fouiller le causse était impossible. Elle avait espéré qu'ils se seraient rendus à Vals en voiture, où elle aurait eu des chances de retrouver leur trace.

Sans conviction, elle pénétra dans le chalet de bois de l'Aven Marzal, où les touristes se pressent d'habitude autour des brochures et des cartes postales.

La salle était encore vide et la marchande s'arrêta d'épousseter son étal en apercevant cette touriste isolée et matinale.

— Pardon, madame, n'auriez-vous pas vu M. Guy de Montrose, ce matin ? demanda aussitôt Carlotta.

— C'est bien trop tôt et, d'ailleurs, il n'est pas de service aujourd'hui.

Carlotta murmura un « merci » déçu et résigné qui sembla attendrir l'âme romanesque de la vendeuse.

— Allez donc jusqu'à son hôtel. Il doit y être à cette heure. Vous ne pouvez pas vous tromper, il n'y en a qu'un seul à Bidon.

Comment n'y avait-elle pas pensé plus tôt ?

Lentement, elle rebroussa chemin. Mais son enthousiasme du départ commençait à s'effriter.

Elle était bien obligée d'admettre qu'à moins d'un hasard elle ne pourrait réussir. Ralph avait raison, il n'y avait qu'à attendre.

Cependant, s'il était passé à sa chambre ?

Elle reprit confiance et accéléra son allure. Sous la caresse du soleil les cigales se réchauffaient et leurs chants fusaient de toute part. Sur la route encore déserte seule une camionnette passa pour aller ravitailler l'Aven Marzal en glace et en rafraîchissements.

Peu après, apparut une 203. Carlotta n'y prêta pas attention. Elle emprunta simplement les bas-côtés et continua à avancer.

La 203 s'arrêta à sa hauteur et Carlotta s'apprêtait à renseigner ce touriste égaré quand elle reconnut Mario.

— Je suppose que vous cherchez Guy de Montrose ?

Son rictus amusé, sa voix habilement nuancée, sa mise recherchée, tout en lui était déplaisant. Il était affecté et trop sûr de lui.

— C'est certainement une erreur ou une manœuvre bien maladroite de votre part, répondit sèchement Carlotta.

— Je suis un ami de Guy, mademoiselle, et il ne me cache rien. D'ailleurs, ne vous ai-je pas vus ensemble avant-hier dans le parc du casino ?

— Cela ne prouve rien, insista Carlotta.

Elle savait que cette discussion ne mènerait à rien. Elle gagnait du temps, c'était tout. En vain elle espérait voir surgir une autre voiture qui aurait pu la tirer provisoirement de ce mauvais pas. Elle fit mine de s'éloigner en plaisantant :

— Eh bien ! donnez-lui le bonjour.

Déjà Mario était descendu de sa voiture et lui barrait le chemin.

— Un instant, voulez-vous. Je suis certain que ce cher Guy sera très heureux de vous voir. Vous allez venir avec moi.

— Ça, jamais ! affirma Carlotta en se dégageant.

Mario changea de tactique. Il lui saisit le bras et le serra fortement. Ses allures d'homme galant s'envolèrent et d'une voix dure, un peu gouailleuse, il lui ordonna de monter dans la voiture.

— Allez, et en vitesse. Je vous conseille de vous tenir tranquille.

Carlotta fit mine de se révolter et éleva la voix. Seule, elle ne pouvait rien. Elle devait jouer son rôle jusqu'au bout. En effet, que savait-il d'elle ? Peut-être rien ! À moins qu'Aghoo ait eu le temps de le prévenir ? Elle ne pouvait y croire. Mario la cherchait-elle, ou bien leur rencontre était-elle due au hasard ? Elle ne pouvait répondre.

Poussée par Mario, elle s'assit dans l'attitude furieuse d'une touriste outragée.

— Enfin, m'expliquerez-vous la raison de cette comédie incompréhensible ?

— Certainement pas ! Ou bien vous la connaissez et il est inutile de vous faire un dessin, ou alors vous l'ignorez et il ne serait pas bon de vous la donner. Nous ne tarderons pas à être fixés l'un et l'autre sur ce point.

Il démarra rapidement et prit très vite un sentier sur sa droite. Indifférent au mauvais état de la route, il n'en ralentit pas pour autant son allure. Les chocs les jetaient l'un contre l'autre, malgré les efforts de Carlotta qui tentait en vain de se maintenir sur son siège.

Une grange abandonnée au milieu du causse était un curieux lieu de rendez-vous.

C'est là qu'ils s'arrêtèrent enfin.

Adossée à un piton qui surplombait son toit de chaume, ses murs de terre battue se confondaient avec les roches environnantes. Ce camouflage naturel l'isolait encore dans ce désert.

Mario rangea sa 203 à l'intérieur entre deux tas de paille, poussa les battants vermoulus du portail et invita Carlotta à descendre.

— Nous voici arrivés. Guy ne saurait tarder. Nous allons l'attendre ici.

Carlotta promena un regard inquiet sur cette grange désaffectée qui, dans le temps, devait servir d'abri au bétail. Que ses murs soient encore debout tenait du miracle.

— La pièce du haut est plus confortable, prenez donc l'échelle. Je n'ai pas mieux à vous offrir.

Devant son hésitation, Mario la conduisit au pied de l'échelle. Ses barreaux poussiéreux s'élevaient presque à la verticale.

— Je suppose que vous pourrez monter seule.

À la pensée qu'il pourrait la toucher pour l'aider, Carlotta grimpa rapidement les échelons. Son dégoût de Mario lui donnait des ailes.

Le grenier avait été nettoyé et vidé de tout ce qui devait l'encombrer. La toiture largement éventrée laissait entrer un coin de ciel bleu entre ses poutres pourries.

Un rire strident éclata dans son dos. Elle se retourna effrayée. Assise à une table boiteuse, le docteur Rameau riait sans retenue.

— Bravo, Mario ! Vous êtes vraiment doué, parvint-elle à articuler entre deux hoquets.

Mario se rengorgea sous cet éloge et crut nécessaire de tapoter le revers de son veston souillé par une toile d'araignée.

Le docteur Rameau le regardait faire avec un sourire méprisant. Elle le laissa terminer, comme pour jouir entièrement de son ridicule, et lui demanda d'un ton moqueur :

— Savez-vous qui vous m'avez amené ?

— Mais la jeune fille dont je vous ai parlé.

Elle lui coupa brutalement la parole.

— Bien sûr, au hasard. Vous avez eu la main heureuse, c'est tout. Naturellement, vous ne comprenez pas. Qu'importe ! Je suis heureusement votre tête.

24

Après avoir soigneusement ficelé Carlotta sur sa chaise, Mario s'empressa d'épousseter son costume. Un fin mouchoir d'une blancheur arrogante essuya la souillure de ses mains. Puis, d'un geste étudié, il redressa le nœud de sa cravate et fit briller le vernis de ses ongles sur le revers de son veston.

Il ne parut qu'à demi satisfait de cette trop sommaire toilette. Le décor misérable de la grange blessa également ses goûts raffinés et, pour oublier, il ouvrit d'un geste théâtral un étui à cigarettes en argent massif finement ciselé.

Trop absorbée par l'étude psychologique des deux acolytes, Carlotta en oubliait ses soucis. Seule l'immobilité imposée par ses liens lui rappelait la précarité de sa situation.

Pour le docteur Rameau, ce devait être son quart d'heure de relaxe. Les pieds déchaussés posés sur la table, elle devait évoluer dans un tout autre décor, parmi d'autres personnages.

Le déclic du briquet de Mario la fit sursauter.

— Vous êtes fou ! Je ne tiens pas à griller dans cette grange !

Elle se redressa, furieuse d'avoir été dérangée dans son exercice de détente nécessaire à son équilibre nerveux.

— Éteignez cette cigarette et cessez de vous croire en représentation. Je suis ici pour travailler et non pour vous voir faire la roue. Vous avez de la chance de m'être encore utile. Quoique la présence parmi nous de cette charmante personne me laisse des doutes sur l'efficacité de votre surveillance.

— Ne l'ai-je pas enlevée avec tout le doigté voulu ?

— Il y a deux jours que vous auriez dû le faire ! Et son mari... où est-il ?

Sans lui laisser le loisir de manifester son étonnement, elle enchaîna rapidement :

— Permettez donc que je vous présente, cher ami, votre ravissante conquête.

Chef de bande, elle demeurait elle-même. La parole était son arme favorite. Nul n'ayant intérêt à l'arrêter, elle poursuivit son discours tout à son aise :

— Si vous avez encore un peu de mémoire, j'ai dû vous parler d'un certain Ralph – petit détective privé venu de Marseille – et qui avait la sotte prétention de nous apprendre où se trouvait cette très chère Yvette. Eh bien ! voici sa femme, Carlotta, que j'avais jugée bien à tort insignifiante quoique sympathique.

Trop heureux de découvrir une faille dans le jugement de son chef, Mario esquissa un sourire qui se figea aussitôt en une grimace sous l'attaque menaçante du docteur Rameau.

— Imbécile ! C'est son mari que vous auriez dû conduire ici et non pas elle. Il me le faut, entendez-vous ! Dès l'arrivée d'Aghoo, vous transmettrez un message à la grotte. J'ai besoin tout de suite de deux hommes et... de vrais hommes ! Je suppose que vous savez tout de même ce que c'est ! À votre retour, moi... je saurai où se trouve Ralph. Vous n'aurez plus qu'à le faire disparaître proprement. J'ai toujours recours à vous pour les travaux délicats.

Mario, par la lucarne ouverte directement dans le chaume du toit, fixait d'un air têtu le causse qui s'étendait à perte de vue sous un soleil écrasant de lumière.

— Voici Aghoo, annonça-t-il d'une voix neutre.

— Seul ?

— Bien sûr !

— Sait-on jamais, maintenant.

Aghoo surgit de la trappe, très décontracté, heureux de vivre, tel qu'il était apparu à Carlotta dans le parc du casino.

À sa vue il ne se troubla pas. À peine émit-il en connaisseur un : « Dommage ! » désabusé.

Le docteur Rameau épiait ses moindres réactions. Sans préambule, elle attaqua :

— Savez-vous qui elle est ?

— Toujours une très jolie fille ! répondit Aghoo sans se démonter.

— Assez plaisanté ! Qui est-elle ?

— Comment voulez-vous que je le sache ?

Et, ouvertement, il détailla Carlotta qui ne broncha pas. Mépris ou accord tacite, nul n'aurait pu le dire. Pour Carlotta, la partie allait se jouer serrée. Elle croyait, avoir compris qu'Aghoo jouait la comédie. Elle s'accrocha à cet espoir : c'était sa dernière carte.

Le docteur avait escompté davantage de cette confrontation. Elle paraissait irritée du résultat.

— Dans ces conditions, Mario, voici votre message. Vous connaissez mes ordres. À midi, au plus tard, je vous attends ici. Ralph doit rôder dans les environs : soyez donc très prudent. Je ne tolérerai plus aucune erreur de votre part.

Tout en parlant, elle avait armé son revolver dont elle jouait distraitement. Mario suivait ses mouvements d'un œil inquiet.

— Ne soyez donc pas nerveux, dit-elle en surprenant son manège. Ce n'est pas encore pour vous. Je vous demanderais un tout petit service avant de vous en aller. Voulez-vous vérifier si ce cher Aghoo n'est pas armé.

— Il ne l'a jamais été.

— Votre naïveté vous perdra, Mario ! Sachez que nous n'avons pas le monopole des armes. C'est même assez facile de s'en procurer.

Aghoo remarqua que le canon du revolver était pointé vers lui. Il se prêta de bonne grâce à cette fouille.

— La confiance règne, se contenta-t-il de remarquer.

— La mienne est toujours basée sur des certitudes, mon jeune ami ! Une erreur de jugement est si vite commise.

— Ce sera tout ? demanda Mario pressé de filer, après avoir consciencieusement palpé Aghoo sans résultat.

— Vous devriez déjà être loin ! Le temps presse, ne l'oubliez pas. Et maintenant, dit-elle en se retournant, à nous ! Pour vous, Aghoo, ce sera très simple. Vous allez rester où vous êtes. Le moindre geste vous serait fatal. Je vais m'occuper de madame !

Elle déplia sur la table une petite trousse chirurgicale sans lâcher son revolver. En prenant son temps, elle choisit une longue pince et un bistouri dont l'acier brillait d'un éclat fascinant sur le noir de la trousse.

— Une question préalable, dit-elle avec désinvolture. Vous ignorez, bien entendu, l'un et l'autre, où se trouve Ralph ?

— Qui ? questionna Aghoo comme s'il avait mal entendu.

— Peu importe pour vous ! J'ose encore croire que vous n'en savez rien. Je posais la question pour sa femme.

Devant le silence obstiné de Carlotta, elle n'insista pas. Elle paraissait très sûre d'elle.

— Bon ! Dans ces conditions, je vous obligerai à parler. Le principe est très simple : je vous arrache un ongle, puis…

Elle s'interrompit pour regarder par la lucarne la 203 qui devait sortir du garage. Son calme était stupéfiant. Carlotta eut le temps de rencontrer le regard d'Aghoo. Malgré son étrange fixité, il ne lui était pas hostile, bien au contraire.

Un matelas d'air chaud ouatait l'air du grenier et le silence paisible du causse filtrait par les brèches du toit.

Qu'il eût été doux de céder à cet engourdissement.

Net, précis, semblable au tic-tac d'un chronomètre amplifié mille fois, un crépitement martela l'air. Elle frissonna et son cœur se mit à battre à toute volée. Sa poitrine ressentit la morsure de la corde qui la comprimait.

Aghoo avait blêmi, les yeux fixes. Tel un fauve fascinant sa proie, il guettait le docteur Rameau pétrifiée dans l'encadrement de la lucarne.

Au même instant, leurs cerveaux se vidèrent de toutes leurs pensées et seule s'imposa à eux, comme un phare éblouissant et meurtrier, cette rafale de mitraillette qui venait d'être tirée à quelques mètres à peine de la grange.

La seconde de silence qui suivit leur parut longue.

Puis, ce fut un bruit de glaces brisées, de tôles tordues qui crissaient en se déchirant. La 203 de Mario venait de terminer sa course contre un rocher.

Alors seulement le docteur Rameau se retourna. Ses traits tirés la rendaient méconnaissable. Une ride profonde barrait son visage crispé et soulignait ses yeux froids et inhumains. Était-elle devenue folle ? De la voix blanche des médiums, elle articula avec effort :

— Je sais maintenant où est Ralph.

Sans détacher son regard de Carlotta, d'un geste d'automate, elle leva son revolver dans sa direction.

Toute sa haine se reportait sur Carlotta qui, d'instinct, détourna la tête.

— J'aimerais que Ralph puisse vous voir ! ricana le docteur Rameau en levant son arme.

Le coup de feu se perdit dans un vacarme épouvantable.

Tandis qu'Aghoo repoussait la chaise d'un violent coup de pied et expédiait Carlotta dans un angle du grenier, la toiture s'effondra. Surgissant d'un brouillard de poussière et de paille,

Cabetchio venait de passer au travers du chaume pourri, après un saut de plusieurs mètres depuis le haut du rocher qui surplombait la cabane.

Aveuglés, presque à tâtons, les deux hommes bondirent ensemble sur le docteur Rameau qui vidait son chargeur au hasard.

Quand ils se relevèrent, il leur eût été impossible de dire lequel des deux l'avait achevée : ils avaient dû la tuer plusieurs fois.

Carlotta, allongée sur les débris de sa chaise, n'osait plus bouger. Au moindre de ses mouvements, les bouts de bois retenus par les cordes la meurtrissaient. Aghoo, le premier, se précipita vers elle.

— Rien de cassé ? demanda-t-il inquiet en la voyant immobile.

— Si... la chaise !

Ils s'accroupirent près d'elle et ils éclatèrent de rire. Secoués de hoquets nerveux et douloureux, ils soulageaient leurs nerfs de la tension qu'ils avaient endurée. Carlotta s'interrompait parfois pour pousser de petits cris plaintifs et amusés. Le fagot de bois cassé au milieu duquel elle se trouvait ligotée poignardait ses chairs à chacun de ses mouvements.

Ils avaient oublié Cabetchio qui, debout devant eux, se sentait presque ridicule avec sa mitraillette à la main.

Il ne tarda pas à les rappeler à l'ordre.

— Alors, les gosses, la récréation est terminée ?

Aghoo lui désigna Carlotta.

— Vous l'avez vue ?

Et le fou rire le reprit.

— Oui, c'est très drôle, approuva Cabetchio sans aucune conviction.

Il se baissa, coupa les cordes au couteau et aida Carlotta à se relever. Alors seulement elle comprit que dans sa chute brutale elle s'était blessée. Son genou fléchit sous la douleur et elle dut s'agripper au bras de Cabetchio pour ne pas tomber.

— Vous voyez, dit-il d'un air de reproche, c'est déjà moins drôle. Pouvez-vous marcher ?

— Pour qui me prenez-vous ? riposta Carlotta.

— Si je vous le disais, vous n'aimeriez pas l'entendre. De toute façon, vous vous êtes volontairement fourrée dans ce pétrin, il vous faudra aller jusqu'au bout. Aghoo vous aidera. Rejoignez tous deux le camp immédiatement, Moi, j'ai besoin de tout remettre en ordre avant de vous rejoindre.

Soutenue par Aghoo, Carlotta avança jusqu'à la trappe. Devant l'échelle, elle hésita. Cabetchio s'impatienta.

— Aghoo, chargez-la donc sur vos épaules et filez !

— Non, laissez, se rebiffa Carlotta.

— Flanquez-lui une bonne fessée si elle insiste, mais disparaissez au plus tôt, ou c'est moi qui m'en charge, mais je crains d'y prendre trop de plaisir.

Aghoo la souleva sans effort malgré sa résistance et descendit l'échelle en souplesse, en véritable athlète. Sans plus se préoccuper de Cabetchio qui les talonnait, il sortit de la grange et coupa directement dans le causse en direction des tentes. À peine jeta-t-il un regard vide d'intérêt sur le corps de Mario qui, renversé sur son siège, avait pris une dernière pose.

Il avançait maintenant d'un pas lourd et scandé. Carlotta résignée se laissait bercer au rythme de sa marche.

— Nous sommes assez loin, hasarda-t-elle enfin, je crois que je pourrais marcher. Cela me ferait du bien.

— Vous pouvez toujours essayer, consentit Aghoo en la posant délicatement sur le sol.

— Si vous me prêtez votre bras, ça ira, dit-elle après quelques timides essais.

Tout en parlant, ils s'étaient retournés. Au loin, une colonne de fumée noire montait du causse. Pas de doute, la grange brûlait. Cabetchio devait être sur le chemin du retour.

— Il est temps de repartir, conseilla Aghoo.

25

L'après-midi se passa sans incident.

Les tentes furent démontées et tout le matériel rangé dans les voitures. Cabetchio organisa le départ dans ses moindres détails : rien ne fut laissé au hasard. L'équipe devait pouvoir s'éloigner dans la nuit sans perdre une seule seconde et quoi qu'il puisse arriver.

Tout sujet dc désaccord disparut entre eux. Carlotta et Cabetchio plaisantèrent sans se disputer et, d'un accord tacite, Aghoo s'intégra au groupe. Tout en le rudoyant amicalement, Cabetchio lui aussi l'adopta.

Lorsque tout fut prêt, la journée tirait à sa fin. Carlotta s'affaira à préparer le repas, aidée d'Aghoo, qui cherchait à se rendre utile, tandis que Ralph et Cabetchio, un peu à l'écart, fumaient en discutant.

En boitillant, Carlotta passa près d'eux : Cabetchio l'arrêta.

— Comment va le canard boiteux ?

Si Cabetchio la cherchait, il allait la trouver. Elle riposta, sous forme d'ultimatum :

— Quoique boiteux, il se porte très bien ! Je ne vous conseille pas de l'exciter, si c'est ça que vous voulez savoir !

— Parfait ! Je craignais que vous ne soyez pas en forme pour ce soir. Sérieusement… Comment ça va ?

Cabetchio aurait bien aimé la pousser à bout. Il préféra y renoncer, bien que Carlotta ne désarmât pas.

— Vous êtes trop aimable de vous intéresser tout à coup à ma santé.

— J'ai besoin de vous et vous le savez.

— Je comprends mieux !

— Que puis-je faire ?

— Peu de choses… Ce soir, c'est vous qui ferez sauter la falaise.

Carlotta resta sans voix. Il l'avait eue au premier round et sans effort. Il se leva sous le regard stupéfait de Carlotta qui croyait à une plaisanterie.

— Ralph va vous expliquer, ajouta-t-il. Ce sera un jeu d'enfant. Moi, j'ai deux mots à dire à Aghoo.

Il s'éloigna et rejoignit Aghoo qui surveillait le repas.

— Alors, en forme pour ce soir ? lui demanda-t-il en lui tapant sur l'épaule.

— Oui, répondit Aghoo sans flamme.

— Tu m'as l'air un peu dégonflé. Nous comptons sur toi, ne l'oublie pas.

— Ne vous inquiétez pas. Je tiendrai parole.

— Alors, qu'est-ce qui ne va pas ?

— Je pense à ce que sera demain !

— Demain ! reprit Cabetchio, comme si cette pensée le gênait. Que diable, ne pensons pas à demain ! Je serai loin, du moins je l'espère, Ralph et Carlotta aussi. Quant à toi… eh bien ! tu seras guide à l'Aven Marzal.

Aghoo respira profondément, ses yeux s'agrandirent : il émergeait d'un cauchemar. Il ne pouvait croire aux paroles de Cabetchio et cherchait une confirmation dans son attitude.

— Demain, Aghoo sera oublié et il ne restera plus que Guy de Montrose… Enfin, ça te regarde !

Cabetchio changea aussitôt de sujet. Il en avait trop dit à son gré.

— Sais-tu si dans la grotte il y a des combinaisons et des masques pour permettre éventuellement la sortie d'Yvette Starensky ?

— Chacun possède son équipement et je suppose qu'elle a toujours le sien.

— Ce serait normal ! Mais peut-on passer le siphon sans masque ?

— Elle, sûrement pas ! Un type entraîné a ses chances.

— Merci ! C'est tout ce que je voulais savoir. Je n'ai que trois équipements : un pour Ralph, un pour toi et un pour moi. J'espère que ce sera suffisant. Tu sais ce que j'attends de toi ? Tu m'indiques l'entrée du siphon et tu fais le guet jusqu'à ma sortie. Ton rôle s'arrête là. Je ne t'en demande pas plus. Maintenant, dans le cas improbable où la bande reviendrait trop tôt, un signal a été convenu avec Carlotta qui se tiendra en haut de la falaise.

— Que pourra-t-elle faire ?

— Tu le sauras assez tôt !

Cabetchio ne tenait pas à donner d'autres explications. Il se redressa d'un bond et trouva une diversion.

— Carlotta de malheur ! rugit-il en s'emparant d'une casserole qui commençait à fumer en dégageant une désagréable odeur de brûlé.

Les mains en porte-voix, il appela :

— Carlotta ! Venez vite !

Elle accourut, traînant sa jambe raide.

— Qu'est-il arrivé ? demanda-t-elle inquiète.

— Et votre repas, vous y pensez ? Voyez ce qu'il est devenu.

Contrariée, elle souleva le couvercle.

— Je l'avais oublié ! C'est fichu !

— Comment voulez-vous qu'après je vous fasse confiance ?

— Vous avez faim, vous ?

— Je comprends... un dernier repas est toujours bon à prendre, même brûlé !

Cabetchio était tout heureux d'avoir changé le cours de la conversation. Il s'agita, plaisanta et peu à peu leurs préoccupations passèrent au second plan.

Cependant l'heure avançait. Vers neuf heures il se leva, enfila sa combinaison, et revint à pas lents vers le groupe silencieux.

— Pas de question à poser ? demanda-t-il d'un ton calme.

Il ne pouvait y en avoir et il continua :

— À dix heures précises, chacun doit être à son poste. À partir de cette minute, toute erreur commise par l'un de vous engage la vie de tous. Pas de diversion et pas d'initiative individuelle avant l'accomplissement intégral de votre mission. Vous ne reprendrez votre liberté d'action qu'une fois votre but atteint coûte que coûte. À minuit, au plus tard, vous devez avoir rejoint les voitures. Ralph, je sais que ce délai sera très court et je comptais vous laisser plus de temps. Les événements de la journée ne m'y autorisent pas. Ne trouvant pas leur chef au rendez-vous, il y a tout lieu de croire qu'ils reviendront aussitôt chercher refuge dans la grotte. Au même instant, tout sautera.

Il serra sous son bras un paquet soigneusement enveloppé de toile huilée et se dirigea vers la rivière.

— Bonne nuit! fut sa conclusion, sorte de défi lancé sur un ton enjoué qui ne trouva pas d'écho.

Ils le regardèrent s'éloigner et la nuit l'absorba très vite. Bientôt chacun d'eux partirait ainsi, se fondrait dans l'obscurité. Le jour se lèverait-il pour tous?

26

Après le départ de Cabetchio, l'inaction les déprima. Ils n'étaient plus que trois étrangers qui attendaient qu'il fût dix heures. Ils se préparèrent avec soin et sans hâte pour tuer le temps et lutter contre la torpeur qui les menaçait.

Ralph et Aghoo arrivèrent encore en avance sur la plate-forme d'où ils devaient plonger pour éviter de se rompre le cou dans des eaux peu profondes, hérissées de roches glissantes.

Au sommet de la falaise, Carlotta, elle aussi, devait avoir rejoint son poste. Ralph leva les yeux vers la crête qui s'imprimait en noir sur le ciel. Son regard avait suivi sa pensée, et, bien qu'il ne pût rien voir, il resta un long moment à scruter l'obscurité. Il l'imagina seule, dominant sa frayeur, quelque part bien au-dessus d'eux.

Le cadran lumineux de sa montre marqua enfin dix heures. Il boucla son masque, régla l'arrivée d'air comprimé et se laissa glisser dans l'eau. Aghoo plongea au même instant. Ils ne devaient pas s'éloigner l'un de l'autre sous peine de s'égarer.

Le froid les saisit brutalement, mordit leurs membres, et ils durent nager un long moment avec vigueur pour se réchauffer. Peu à peu, leurs mouvements devinrent plus souples et ils se laissèrent alors porter par le courant.

Sans bruit, ils glissèrent dans l'eau noire, émergeant de temps à autre pour se guider. Soudain, un rapide les emporta, et Aghoo eut tout juste le temps de repousser Ralph pour lui éviter d'être projeté contre le rocher qui avait forcé l'Ardèche à amorcer une boucle.

Le passage franchi, ils aperçurent le clignotement d'une lampe électrique : c'était le signal convenu avec Cabetchio. La route était libre. Ils forcèrent leur allure et Cabetchio se joignit à eux tandis qu'Aghoo prenait la tête.

Ce n'étaient plus trois hommes, mais trois robots, sourds et muets, qui évoluaient dans le silence total d'un monde irréel.

Aghoo piqua vers la falaise et s'immobilisa enfin, en prenant appui sur une saillie sculptée en forme de marche. Le siphon devait se trouver sous ses pieds.

Cabetchio le rejoignit et, sans perdre une seconde, dirigea le faisceau de sa lampe vers le haut de la falaise. Par trois fois, une brève lueur répondit à son appel. Puis tout retomba dans l'obscurité. Sur un signe de Cabetchio, ils se collèrent contre la paroi rocheuse. Une grêle de terre et de pierres ne tarda pas à ricocher au-dessus d'eux et s'abattit sur l'eau qui se couvrit de cercles entremêlés dont ils ne parvenaient pas à fixer les formes éphémères.

Un câble apparut, serpentant devant eux. Cabetchio s'en saisit et le laissa couler entre ses doigts.

Un bref éclair dans le ciel, et il sut que c'était terminé. Tout le câble avait été lâché. L'aventure allait commencer et, sur son ordre, ils plongèrent à la verticale dans le remous qui tourbillonnait à leurs pieds.

L'orifice du siphon s'ouvrant à un mètre du fond leur parut très accessible. Le tunnel, en revanche, s'avéra trop étroit. Le moindre geste un peu brusque les plaquait au fond, dont les aspérités meurtrissaient leur dos et menaçaient à tout instant de déchirer leurs combinaisons.

À la sortie du boyau, une impression de délivrance les envahit. Prisonniers de la grotte, ils éprouvaient à se mouvoir librement une sensation de liberté. Lentement, ils remontèrent à la surface.

La nuit était totale. Un bref éclair de la lampe de Cabetchio leur fut nécessaire pour s'orienter. Serrés les uns contre les autres, sans bruit, ils se dirigèrent vers la rive. Le fond s'élevait en pente douce et après quelques mètres de marche ils sentirent sous leurs pieds le sol sablonneux d'une plage.

Ils se hâtèrent de retirer leurs masques pour respirer librement. Mais l'odeur de moisissure, imprégnant l'air humide de la grotte, les écœura.

Immobiles et aveugles sur ce sol inconnu, ils ressentaient l'impérieux besoin de parler pour manifester leur présence et se convaincre qu'ils ne vivaient pas un sombre cauchemar. Ils devaient s'assurer d'abord que nul ne soupçonnait leur approche.

Seul le clapotis de l'eau aspirée et refoulée dans le siphon en un mouvement intermittent de va-et-vient semblait troubler le silence. Mais leurs sens s'aiguisèrent et après quelques instants ils distinguèrent nettement le ronflement sourd et régulier de la génératrice qui alimentait en électricité la partie habitée. Nul autre bruit ne leur parvint.

Alors, seulement, Cabetchio éclaira la voûte qu'ils avaient imaginée plus élevée et dont la masse noire, moirée par les suintements, leur apparut menaçante à un mètre à peine au-dessus d'eux.

— Il est dix heures vingt, précisa Cabetchio à voix basse. Vérifiez vos montres. Les dernières minutes peuvent être précieuses.

Aussitôt, il se mit au travail. Avec précaution, il déroula l'extrémité du câble qu'il avait traîné derrière lui, le tendit pour s'assurer qu'il n'était accroché nulle part.

— Je ne saurais trop vous conseiller, à tous deux, de prendre garde à ce câble en repassant le siphon, dit-il sans s'interrompre. Il peut avoir formé des boucles et ce serait un piège dangereux.

Aghoo plongea pour aller sur la rivière assurer la surveillance, tandis que Ralph terminait de se débarrasser de tout son équipement.

À son tour, il fut prêt. Cabetchio disposait déjà les charges d'explosif, les reliait entre elles avec des gestes précis et rapides. Ralph n'avait plus rien à lui dire et il allait s'éloigner. Cabetchio l'arrêta.

— Vous connaissez nos conventions. Dès le retour des hommes dans la grotte, tout sautera. Ne prenez pas de risques inutiles. Je regretterais sincèrement que vos os se mélangent avec ceux de ces crapules.

— À tout à l'heure! répondit Ralph en lui serrant la main.

— Pour plus de sûreté, prenez donc deux grenades. Ce n'est pas votre arme favorite. Cependant, à l'usage, vous verrez qu'elles sont efficaces.

Ralph les accepta sans conviction et gravit un tremplin d'éboulis en haut duquel s'ouvrait une première galerie.

Aghoo lui avait dressé un plan très précis de la grotte. De nombreux culs-de-sac, des puits sans fond, étaient autant de pièges à éviter.

À la faible lueur de sa lampe, il devinait plus qu'il ne voyait les sinuosités du boyau dont le plafond surbaissé par de rapides courbures venait parfois heurter son casque.

Il progressait lentement sur le sol humide, évitait tout faux pas qui se serait répercuté en de multiples échos et aurait pu donner l'éveil. La surprise était son principal atout. À la moindre alerte, Yvette devait avant tout être exécutée : telle était l'unique consigne qui la concernait.

Il déboucha bientôt dans la première salle, sorte d'immense cathédrale dont il n'apprécia pas toute la splendeur. Ses dalles sonores présentaient un dangereux obstacle. Il traversa cette vaste nef à quatre pattes et trouva sur sa gauche un vestibule qui s'élevait en pente douce.

Le ronronnement d'un moteur lui parvint alors distinctement. Guidé par ce bruit qui lui devenait familier, il ne pouvait plus s'égarer. Il éteignit sa lampe et lorsque ses yeux furent accoutumés à l'obscurité il distingua même une faible lueur tremblotante à l'extrémité du couloir. La génératrice n'était plus très loin.

Malgré son désir de l'atteindre au plus vite, il freina son allure. Si près du but, toute précipitation eût pu être fatale.

L'installation était des plus rudimentaires. Un moteur à essence entraînait la dynamo et, bien que les gaz d'échappement fussent filtrés dans une cuve, l'air empestait l'essence.

Une petite veilleuse, pendue à un fil de fer, vibrait en suivant les pulsations du moteur et baignait l'ensemble d'une vague clarté.

Une porte en fer, scellée dans la roche, obstruait le couloir et défendait l'entrée de la salle où la bande avait installé son camp. Il était vain d'essayer de la forcer.

Ralph repéra d'abord un abri sûr dans la roche dure, parmi les nombreuses alvéoles qui s'offraient à lui. Puis il s'approcha du moteur et ferma le robinet d'essence.

Il rejoignit son trou et attendit.

Rapidement, le moteur s'étouffa, toussa et s'arrêta, tandis que la veilleuse s'éteignait.

Un juron furieux s'éleva aussitôt derrière la porte, qui s'ouvrit dans un grincement brutal de ferraille. Elle ne devait pas être très lourde.

— Il ne manquait plus que ça ! grogna une espèce de colosse dont il n'apercevait que la silhouette précédée d'une lampe-torche. Il y a de quoi devenir fou, dans cette taupinière.

Une autre voix d'homme lui répondit :

— T'énerve donc pas ! C'est encore une bougie, comme d'habitude. Dans cette humidité, elles claquent toutes.

Ils étaient donc deux. Ralph sentit une sueur glacée ruisseler dans son dos. Si un seul homme était resté auprès d'Yvette, comme il était prévu, il l'aurait eu maintenant à sa merci. Tout son plan ne valait plus rien, il lui fallait improviser.

L'homme déposa sa mitraillette contre le socle du moteur et, tout en ronchonnant, vérifia les bougies une à une.

— C'est pas une bougie ! lança-t-il à la cantonade.

— Vois le filtre, conseilla l'autre, et surtout ne démolis rien !

— Alors, viens le faire toi-même. Moi, j'en ai marre !

— C'est bon, ne touche à rien, j'arrive, répondit l'autre acolyte d'une voix traînante.

Et il ajouta :

— Allez, la môme, passe devant !

Yvette était donc vivante, et le son de sa voix cingla l'énergie de Ralph.

— Moi, je reste ici ! Je ne vais pas m'envoler !

Elle devait opposer une vive résistance à le suivre. Excédé, il éleva la voix :

— Vous êtes tous cinglés, dans ce coin !

— On voit bien que tu n'es là que depuis deux jours, marmonna le colosse en se dandinant comme un ours en cage. Attends un peu, et tu verras. Ça te prendra, toi comme les autres !

Le sentiment de claustration est le plus grand ennemi de ceux qui prolongent leur séjour sous terre. La volonté peu à peu les abandonne et cède le pas à un énervement maladif. Sans s'en expliquer les raisons il en ressentait les effets et ses gestes désordonnés témoignaient d'une surexcitation anormale.

Deux nouvelles ombres apparurent dans l'encadrement de la porte, l'une traînant l'autre.

— Occupe-toi d'elle, je vais réparer.

— Celle-là, dit le colosse en récupérant sa mitraillette, je la descendrais avec plaisir, depuis le temps qu'elle nous casse les pieds.

— Du calme, vieux ! lui conseilla le nouvel arrivant. Si le chef apprend que tu n'étais pas en état de sortir ce soir, je ne donnerais pas cher de ta peau. Tu ferais mieux de te tenir peinard.

— Donne-nous la lumière, ça vaudra mieux ! Je ne peux pas supporter cette obscurité.

L'autre hocha la tête, posa à son tour sa mitraillette sur le sol et se mit au travail en sifflotant.

Neutraliser le premier ne présentait aucune difficulté et Ralph aurait pu tirer le second avant qu'il eût récupéré sa mitraillette. Mais, derrière lui, se trouvait le réservoir d'essence. Une explosion était à redouter, Yvette était trop proche et la déflagration pouvait entraîner un éboulement.

Le doigt crispé sur la gâchette de son arme, Ralph attendit encore. Quoi ? Il n'aurait pu le dire. L'homme venait de découvrir la panne et ne se doutait pas que ses paroles allaient déclencher l'attaque.

— L'essence n'arrive pas ! C'est toi, gros malin, qui a fermé le robinet ?

Avant qu'il eût pu répondre, il reçut une balle dans la nuque et s'effondra.

Ralph s'accorda une seconde pour viser, car il était nécessaire qu'il atteignît son but. L'homme se baissa pour saisir sa mitraillette : elle se cassa entre ses deux mains. Ralph avait fait mouche.

Mais, avant que l'homme se fût relevé, un revolver brillait déjà dans sa main. Il chercha d'un rapide coup d'œil son ennemi dans l'obscurité. Son instinct de défense lui avait fait oublier Yvette qui, affolée, s'enfuit pour chercher un refuge dans la salle qui, cependant, durant des jours, avait été sa prison.

Au bruit de sa course, l'homme se retourna prêt à faire feu. Ralph balaya le sol sous ses pieds d'une courte rafale. Le réservoir d'essence était toujours dans son champ de tir. L'homme parut tout étonné d'avoir la vie sauve. Mais, surpris, il avait tiré trop tard et la balle s'écrasa contre la porte blindée qui venait de se refermer. Yvette, pour l'instant, était hors de danger.

Pris au piège, l'homme s'imagina une cible facile. Il éteignit sa lampe. Dans l'obscurité, il conservait ses chances. Ralph n'entendit plus dans le silence oppressant que le halètement de sa respiration.

À pas lents, l'homme devait progresser vers lui, car le sable crissait sous ses pieds. Tous ses sens en éveil, il comptait maintenant au son tous les pas qu'il faisait vers lui. Il devait avoir parcouru la moitié de la distance qui les séparait.

Le bruissement régulier de son avance changea de rythme. Du pied, il semblait tâter le sol. Le cadavre barrait sa route et il cherchait à le franchir.

Ralph pouvait le situer exactement. Il ne devait pas le laisser aller plus avant. Du premier coup, il le cadra dans le cercle lumineux de sa lampe et il tira.

Les deux corps se mêlèrent sur le sol : c'était fini.

Yvette était vivante et libre et, surtout, il n'était que onze heures.

27

Au premier tour de manivelle, docile, le moteur repartit et la veilleuse s'alluma. La lumière revenue allait en partie dissiper la frayeur d'Yvette et lui redonner du courage. Elle devait en avoir bien besoin.

Que pouvait-elle bien penser de cette brève fusillade ? Que devait-elle imaginer, sinon le pire ?

Ralph s'approcha de la porte et tenta de l'ouvrir. Elle devait être verrouillée de l'intérieur. Il frappa du poing contre la tôle qui vibra comme un gong et appela :

— Ouvrez vite ! Vous ne risquez plus rien ! Vous êtes libre !

N'obtenant pas de réponse, il frappa de nouveau. N'allait-elle pas s'obstiner et refuser de fuir à temps ?

— Mais ouvrez donc ! Le temps presse. Il nous faut sortir d'ici au plus vite.

— Qui êtes-vous ? demanda-t-elle d'une voix blanche.

— Peu importe, pour l'instant. Ouvrez vite ! Comprenez qu'il y va de votre vie et c'est votre dernière chance.

La réponse se fit attendre et Ralph se heurta de tout son poids à la porte, comme s'il eût voulu l'enfoncer, en entendant Yvette annoncer d'une voix plus ferme :

— Je ne peux plus ouvrir !

Ralph ne put y croire. La crainte de l'inconnu devait la raidir dans une obstination ridicule, sa frayeur, son long emprisonnement dans cette caverne égarait sa raison. Comme il eût parlé à un enfant en danger, il essaya de la convaincre :

— Je ne puis que vous croire, mais je ne puis rien faire. La fermeture est automatique et ne peut être commandée que de l'intérieur. Or, je n'ai pas de clé !

Elle paraissait plus calme et presque résignée.

— Avez-vous au moins des outils pour faire sauter la serrure ? demanda Ralph en domptant son impatience.

— J'en doute ! Je peux toujours m'en assurer.

Ralph, de son côté, fouilla tous les recoins à la recherche d'une barre de fer pour attaquer le scellement et peser sur la porte. Il ne trouva que la manivelle, qui se tordit à sa première tentative.

C'était pourtant du travail fait à la hâte et un bon pic aurait eu vite raison de l'encadrement rocheux.

Yvette était de retour derrière le panneau blindé qui les séparait.

— Je suis perdue ! gémit-elle. Je ne pourrai pas ouvrir.

Cette fois, c'était le découragement qui s'emparait d'elle. Son état nerveux paraissait lamentable.

— Perdue ! Pensez-vous ! cria Ralph avec force pour la rassurer.

Et cependant il comprenait avec effroi que tout lui donnait raison. L'heure avançait. Ils perdaient un temps précieux. Il devait tenter le tout pour le tout. Il colla son visage contre la porte comme pour graver ses paroles avec exactitude.

— Écoutez-moi bien ! Il faut que d'ici peu nous soyons tous deux à l'air libre, sinon... alors, oui, nous serons perdus. Je vais faire sauter la porte, je n'ai pas d'autre moyen. Trouvez un coin assez éloigné, abritez-vous des projections possibles et n'ayez surtout pas peur. Dès que l'explosion sera passée, filez vers la sortie avec, si possible, une lampe et votre équipement. Dans le cas où je ne pourrais pas vous suivre, sauvez-vous toute seule. Des amis vous attendent dehors. Vous m'avez bien entendu ?

— Oui, répondit-elle. Je crois même avoir compris.

— Maintenant, dépêchez-vous ! Je vous accorde deux minutes, pas plus.

Le sort en était jeté. La réussite ne dépendait plus que d'éléments impondérables, mais encore fallait-il guider le hasard.

Ralph de la main ausculta la roche tout autour de la porte, chercha à sa base l'endroit le plus vulnérable et s'éloigna. Par deux fois, il se retourna pour mesurer la distance. Il s'arrêta enfin face à une niche qui lui parut solide pour avoir résisté aux terribles pressions de la rivière souterraine qui, dans le temps, l'avait évidée sans la vaincre.

Dans l'attitude tendue du joueur de pétanque, il saisit une grenade dans sa main, fit sauter la goupille et, d'un geste rapide, pointa un cochonnet imaginaire à l'angle droit de la porte.

À peine atteignait-il son abri que la déflagration le jeta par terre. Il attendit, haletant, compta les secondes et respira : le réservoir d'essence n'avait pas explosé.

D'un bond, il s'élança dans la poussière âcre qui formait un rideau opaque, trébucha sur les blocs qui avaient été arrachés et ses mains se crispèrent en tirant sur la porte qui, avec son scellement, avait pivoté aux trois quarts.

Yvette n'était pas là. Il l'appela en vain.

Sans répondre, elle avançait à pas lents, les yeux hagards, comme une somnambule. Il courut vers elle, la saisit instinctivement dans ses bras et la serra contre lui. Il aurait voulu qu'elle partage sa joie, son exaltation. Elle demeura sans réaction et murmura simplement :

— Je n'en puis plus ! J'abandonne.

Et elle se laissa tomber à ses pieds.

Son séjour dans la grotte avait annihilé sa volonté et combien, au cours d'expéditions souterraines, ont pu constater ces abandons inexplicables à l'approche du but, si ce n'est par un traumatisme nerveux soudain et imprévisible.

Ralph la chargea sur son épaule et reprit le chemin du retour. Il avait hâte de rejoindre le siphon, pour que Cabetchio et Aghoo l'aident à la faire sortir. Ce n'était plus qu'une question de temps.

La dernière galerie épuisa ses forces, car il devait avancer plié en deux pour qu'elle ne heurtât pas le plafond.

Il déboucha enfin du boyau. Aghoo venait à sa rencontre. Cette fois, ils étaient sauvés.

— Je commençais à être inquiet et je venais à votre secours. Cabetchio est furieux.

— C'est de la folie !

— Sait-on jamais !

Aghoo eut un rire amer et changea de sujet pour chasser les pensées qui le hantaient.

— Dépêchons-nous ! Avez-vous son scaphandre ?

— Non ! C'est le dernier obstacle à surmonter.

— Enfilez le vôtre. Je vais lui passer le mien. Je me débrouillerai bien, je l'ai déjà fait.

Aghoo, de lui-même, prit le commandement. Le passage du siphon serait son œuvre. Ralph le laissa agir, il savait mieux que lui ce qu'il fallait faire.

Yvette se laissa enfiler la combinaison comme un jeune enfant que l'on habille. Elle accepta le masque avec indifférence. Avait-elle seulement reconnu Aghoo ?

Il lui passa une corde sous les aisselles, en fixa une autre à chacun de ses pieds. Elle ne réagit toujours pas, elle n'était plus qu'un corps sans âme.

— Tenez, dit-il à Ralph en lui présentant l'extrémité libre de la corde. Vous passerez le premier et vous la remorquerez comme vous pourrez, en ayant bien soin que la corde soit toujours très courte et tendue. Tirez vers le bas, car, sous la pression de l'eau, elle aura tendance à flotter et se heurterait au plafond. Moi, je la guiderai par les pieds. Ça devrait marcher. Je vous demanderai simplement de faire vite. Nous nagerons jusqu'au-dessus du siphon et nous ne plongerons qu'à ce moment-là. Je vous donnerai le signal.

Ralph ajusta son masque et ils avancèrent tous trois dans le lac. Le contact de l'eau froide réveilla Yvette qui, par instinct, se mit à nager.

Ils atteignirent le mur derrière lequel roulait une Ardèche libre. Aghoo respira plusieurs fois profondément, et, après une dernière aspiration, plongea à la verticale. Ralph, d'un brusque coup de reins, fendit l'eau. Yvette avait effectué le même mouvement, et, libéré de son poids, il put s'engouffrer directement dans l'étroit boyau.

La corde qui le reliait à Yvette se tendait et se détendait sans cesse, faussait ses mouvements et retardait son avance. Le boyau paraissait s'allonger au fur et à mesure qu'il progressait. Enfin, il sentit le violent courant de la rivière le soulever et l'emporter comme une lame de fond. Il tira sur la corde, s'assura qu'Yvette était bien dégagée. Il aperçut la tête d'Aghoo qui débouchait à son tour. Il voulut saisir Yvette pour l'aider à remonter. Elle se dégagea et émergea avant lui.

La lune s'était déplacée et balisait la rivière de mille facettes brillantes.

Face à eux, sur une plate-forme violemment éclairée, Cabetchio apparut et les appela.

— Je vous félicite, Ralph, dit-il joyeux de les accueillir. Avoir réussi, c'est bien, mais avoir osé le tenter, c'est encore mieux. L'heure n'est pas aux discours, ni aux présentations, ajouta-t-il en fixant Yvette, filez au plus vite. Vous n'avez pas une minute à perdre, si vous tenez à rejoindre à temps les voitures.

Soudain son visage se crispa.

— Où est Aghoo ?

Ralph sentit une crampe lui comprimer la poitrine. Il se retourna, pensant l'apercevoir derrière lui. Il était sûr de l'avoir vu à la sortie du siphon.

Ensuite, tout danger paraissait écarté, il l'avait perdu de vue.

— C'est bon, je m'en occupe, trancha Cabetchio. À votre retour là-haut, remplacez Carlotta. À mon signal, tout doit sauter. C'est le dernier ordre que je vous donne. Si, dix minutes après, je ne suis pas de retour… vous pourrez partir. Notre mission à tous sera terminée.

Yvette avait retiré son masque elle-même. Elle écoutait leur conversation et semblait hypnotisée par cet être curieux et changeant qui donnait, quoi qu'il dise ou qu'il fasse, une impression de force indomptable.

Il avait plongé aussitôt et elle le suivait du regard.

— Pourrez-vous nager maintenant ? lui demanda Ralph. Nous avons une centaine de mètres à faire contre-courant. Il nous faudra gravir ensuite la falaise et alors seulement nous serons entièrement hors de danger.

Elle se jeta à l'eau la première. De temps à autre, Ralph regardait sa montre. Il allait être minuit quand ils atteignirent enfin le causse. Entraînant Yvette à sa suite, il se mit à courir.

— Ralph ! cria Carlotta d'une voix étranglée.

— J'arrive.

Il installa Yvette dans sa voiture, l'enveloppa dans une couverture. Elle se laissa faire.

— Ici, vous ne risquez plus rien. Ne bougez surtout pas.

— J'attendrai que le soleil se lève, il y a si longtemps que je ne l'ai vu !

« Elle est devenue folle », pensa Ralph, et, sans plus approfondir ce problème, il courut vers sa femme.

Ils tombèrent dans les bras l'un de l'autre.

— Aghoo est avec elle ? demanda Carlotta.

Ralph répondit évasivement :

— Non. Il viendra avec Cabetchio. Tu devrais t'occuper d'elle, je vais prendre ta place. Ne sois pas surprise, elle a reçu un choc nerveux et paraît… un peu cinglée.

— Pour toi ! Ça ne me surprend pas, tu n'as jamais compris les femmes.

Seul, Ralph fixa attentivement la rivière qui glissait au-dessous de lui comme un long serpent aux écailles phosphorescentes.

Minuit avait déjà sonné dans le lointain. Il ne tarderait pas à apercevoir le signal. Cabetchio aurait-il eu le temps de secourir Aghoo ? Nul mieux que lui n'aurait pu le faire. Que lui était-il arrivé ?

Trois éclairs rapides bloquèrent ses pensées. D'un seul élan, il bondit vers le causse, passa en courant près des voitures.

— Attention ! cria-t-il.

Non loin, la machine infernale montée par Cabetchio l'attendait. Sans hésiter, il mit le contact et aussitôt un grondement sourd monta des entrailles de la terre, tandis que, lentement, toute une partie de la falaise s'affaissait en un long roulement de tonnerre.

Cette fois, tout était bien fini. Fuir, foncer sur la route à toute vitesse l'eût soulagé. Désœuvré, il lui fallait attendre sans pouvoir chasser les pensées qui l'assaillaient. Assourdi par la déflagration, le silence qui suivit lui parut plus dense.

Dans les villages environnants, chacun, réveillé en sursaut, devait s'interroger. Nul ne s'aventurerait à cette heure dans ce coin perdu. Demain seulement, ils constateraient un glissement de terrain, nouvelle victoire de l'Ardèche sur la falaise qui tente désespérément de lui barrer la route.

Cabetchio apparut enfin. Il était seul et avançait péniblement. Ralph courut au-devant de lui, voulut le soutenir, mais il refusa son aide.

— Laissez, dit-il, la machine fonctionne encore.

Sa combinaison lacérée, tête nue, brisé par l'effort, toute son énergie s'était concentrée dans ses yeux d'acier. Un mince filet de sang soulignait les rides de son front.

— Rien ! Un accident stupide. J'ai mis trop de temps pour rejoindre l'abri.

— Pourquoi avoir donné le signal si tôt ?

Cabetchio se redressa. Il récupéra toute son énergie pour répondre en martelant ses mots :

— C'était l'heure que je m'étais fixée. Depuis des semaines, j'attendais cette minute. Je n'avais pas le droit de la laisser passer.

Ils firent quelques pas. Cabetchio s'arrêta à la vue des voitures. Ses blessures n'étaient rien à côté de la torture qu'il éprouvait en pensant aux questions qui allaient lui être posées.

— Vous ne me demandez pas où est Aghoo ?

— Je crois le savoir !

— Vous, bien sûr, mais... elles ! Dites-leur qu'il était mort quand je l'ai rejoint. Il avait lâché en atteignant le but. Il ne devait plus croire à un lendemain possible, et c'est peut-être mieux ainsi.

Dites-leur que j'ai fait… non, ne leur dites plus rien. Je compte sur vous, je n'en ai pas le courage. Il m'arrive parfois d'être lâche !

CET OUVRAGE A ÉTÉ COMPOSÉ PAR LUMINA DATAMATICS, INC.
ET ACHEVÉ D'IMPRIMER
PAR MAURY MALESHERBES
POUR LE COMPTE DES ÉDITIONS J.-C. LATTÈS
17, RUE JACOB, 75006 PARIS
EN OCTOBRE 2022

PAPIER À BASE DE FIBRES CERTIFIÉES

LE MASQUE
s'engage pour l'environnement en réduisant l'empreinte carbone de ses livres.
Celle de cet exemplaire est de :
128 g éq. CO_2
Rendez-vous sur
www.lemasque-durable.fr

N° d'édition : 01
N° d'impression : 265018
Dépôt légal : octobre 2022
Imprimé en France

73/3583/1